An Leon, an Bandraoi
agus
an Prios Éadaigh

C.S. Lewis

Líníochtaí le Pauline Baynes

Antain Mac Lochlainn a chuir
Gaeilge air

AN GÚM

Baile Átha Cliath

Tiomnú an Aistritheora

Do Gabriel Rosenstock,
Ard-draoi aistritheoirí Éireann

NARNIA

An Leagan Gaeilge
© Foras na Gaeilge, 2014
Antain Mac Lochlainn a rinne an leagan Gaeilge.
Dearadh agus leagan amach: An Gúm

ISBN 978-1-85791-888-5

Turner's Printing Co.Teo. a chlóbhuail in Éirinn

Le fáil ar an bpost uathu seo:

An Siopa Leabhar,	*nó*	An Ceathrú Póilí,
6 Sráid Fhearchair,		Cultúrlann Mac Adam-Ó Fiaich,
Baile Átha Cliath 2.		216 Bóthar na bhFál,
siopa@cnag.ie		Béal Feirste BT12 6AH.
		leabhair@an4poili.com

Orduithe ó leabhardhíoltóirí chuig:

Áis,
31 Sráid na bhFíníní,
Baile Átha Cliath 2.
ais@forasnagaeilge.ie

An Gúm, 24-27 Sráid Fhreidric Thuaidh, Baile Átha Cliath 1

Do Lucy Barfield

A Lucy, a chroí,

Duitse a chum mé an scéal seo ach ní raibh
a fhios agam, an uair a thosaigh mé air, go
dtéann cailíní in aibíocht níos tapúla ná mar
a théann leabhair. Agus anois tá tú róchríonna
le bheith ag gabháil do scéalta draíochta agus,
faoin am a mbeidh an scéal seo i gcló agus i
gceangal leabhair, beidh tú níos críonna fós.
Ach tiocfaidh lá agus beidh tú críonna go leor
le tosú ar scéalta draíochta a léamh an athuair.
Nuair a thiocfas an lá sin, b'fhéidir go mbainfeá
an leabhar seo anuas ón tseilf uachtarach, an
dusta a ghlanadh de agus a insint dom cad é
a shíl tú de. Is dócha go mbeidh mise chomh
haosta sin nach gcluinfidh mé is nach dtuigfidh
mé oiread agus focal amháin a déarfaidh tú le
d'athair báistí grámhar.

C.S. LEWIS

CLÁR NA GCAIBIDLÍ

CAIBIDIL A HAON

Lucy ag Amharc Isteach sa Phrios   9

CAIBIDIL A DÓ

An Méid a Chonaic Lucy Ann   18

CAIBIDIL A TRÍ

Edmund agus an Prios Éadaigh   33

CAIBIDIL A CEATHAIR

Milseán Turcach   45

CAIBIDIL A CÚIG

Ar an Taobh Abhus den Doras   58

CAIBIDIL A SÉ

Isteach san Fhoraois   70

CAIBIDIL A SEACHT

Lá i gCuideachta na mBéabhar   81

CAIBIDIL A HOCHT

I nDiaidh an Dinnéir   97

CAIBIDIL a NAOI

I dTeach an Bhandraoi   *111*

CAIBIDIL a DEICH

Na Geasa á Lagú   *126*

CAIBIDIL a hAON DÉAG

Áslan ar na Gaobhair   *140*

CAIBIDIL a DÓ DHÉAG

Céad Chath Peter   *155*

CAIBIDIL a TRÍ DÉAG

Draíocht Dhomhain ó Thús Aimsire   *169*

CAIBIDIL a CEATHAIR DÉAG

Lámh in Uachtar ag an Bhandraoi   *183*

CAIBIDIL a CÚIG DÉAG

Draíocht níos Doimhne fós ó Bhroinn na Cruinne   *197*

CAIBIDIL a SÉ DÉAG

Scéal na nDealbh   *210*

CAIBIDIL a SEACHT DÉAG

Seilg an Charria   *224*

Lucy ag Amharc Isteach sa Phrios

Bhí ceathrar páistí ann uair amháin agus Peter, Susan, Edmund agus Lucy na hainmneacha a bhí orthu. Seo scéal faoi rud a tharla dóibh an t-am a cuireadh amach as Londain iad, nuair a bhí an cogadh ann agus nuair a bhí buamaí ag titim ar an chathair ón aer. Cuireadh go teach seanduine iad, Ollamh a bhí ina chónaí i gceartlár na tuaithe, deich míle ar shiúl ón stáisiún traenach agus dhá mhíle ó oifig an phoist. Níor phós an seanduine riamh agus bhí sé ina chónaí le bean tí darbh ainm Bean Mhic Riadaigh agus triúr searbhóntaí. (Ivy, Margaret agus Betty na hainmneacha a bhí orthu siúd, ach níl páirt mhór acusan sa scéal seo.) Duine aosta a bhí san Ollamh seo agus bhí grágán de ghruaig bhán air a chlúdaigh páirt mhór dá aghaidh agus de mhullach a chinn. Bhí dúil ag na páistí ann ar an chéad amharc, nó ar an dara hamharc ba cheart dom a rá, nó bhí cuma aisteach i gceart air an chéad oíche sin agus é ina sheasamh sa doras ag cur fáilte rompu. Chuir sé rud beag eagla ar Lucy (an duine ab óige de na páistí). Fonn gáire a chuir sé ar Edmund (an dara duine ab óige) agus b'éigean dó ligean air féin gur ag séideadh a ghaosáin a bhí sé le rún a dhéanamh de na gáirí.

Níor luaithe a d'fhág siad slán codlata ag an Ollamh an chéad oíche sin ná gur tháinig na gasúir isteach sa seomra a bhí ag na cailíní thuas staighre leis an scéal ar fad a phlé.

'Tá an t-ádh dearg orainn,' a dúirt Peter. 'Beidh am ar dóigh againn anseo. Ligfidh an seanleaid dúinn ár rogha rud a dhéanamh.'

'Tá mo chroí istigh ann, mar sheanduine,' a dúirt Susan.

'Arú fuist!' a dúirt Edmund. Bhí sé tuirseach traochta ach bhí sé ag ligean air féin nach raibh, rud a dhéanadh cantalach i gcónaí é. 'Fuist agus stadaigí den chaint sin.'

'Cén chaint?' arsa Susan; 'agus, ar scor ar bith, nach bhfuil sé in am agatsa a bheith i do luí?'

'Ná bí ag cur i gcéill gur tusa Mamaí,' a dúirt Edmund. 'Agus cé tusa le bheith ag insint domsa dul a luí? Gabh tusa a luí tú féin.'

'B'fhéidir gur cheart dúinn uilig dul a luí,' arsa Lucy. 'Beidh trioblóid ann má chluineann duine ar bith muid inár suí thart ag caint mar seo.'

'Ní bheidh,' arsa Peter. 'Tá mise ag rá libh go mbeidh cead ár gcinn is ár gcos againn sa teach seo. Ar scor ar bith, ní chluinfidh duine ar bith muid. Tá an seomra bia deich mbomaite ar shiúl uainn agus tá an dúrud staighrí agus pasáistí idir muid agus an seomra.'

'Cad é an trup sin?' a dúirt Lucy. Níor leag sí cos ina leithéid seo de theach riamh roimhe agus bhí uaigneas ag teacht uirthi ag smaoineamh ar na pasáistí fada agus ar na doirse agus na seomraí folmha taobh thiar díobh.

'Níl ann ach éan, a phleidhce,' arsa Edmund.

'Ceann cait atá ann,' arsa Peter. 'Áit mhór éanacha atá ann, go cinnte. Ach tá mise ag dul a luí anois. Rachaidh muid a chuartú amárach. Ní bheadh a fhios agat cad é a bheadh le fáil in áit mar seo. Nach bhfaca sibh na sléibhte ar ár mbealach isteach dúinn? Agus na coillte? Tá iolair ann, go cinnte. Agus carrianna, b'fhéidir. Agus seabhaic.'

'Agus broic!' arsa Lucy.

'Agus madaidh rua!' a dúirt Edmund.

'Agus coiníní!' arsa Susan.

Ach, ar maidin le bánú an lae, ní raibh a dhath rompu ach fearthainn throm nach bhfeicfeá na sléibhte tríthi, ná na coillte ach oiread ná fiú amháin an sruthán sa ghairdín.

'Dar ndóigh, chaithfeadh sé dul a bháisteach orainn!' arsa Edmund. Bhí siad díreach i ndiaidh a mbricfeasta a ithe i gcuideachta an Ollaimh agus bhí siad anois thuas staighre i seomra faoi leith a bhí an tOllamh i ndiaidh a chur ar fáil dóibh. Seomra fada íseal a bhí ann agus dhá fhuinneog ar gach taobh de.

'Stad den chlamhsán, a Ed,' arsa Susan. 'Is dócha go nglanfaidh sé i gceann uair an chloig nó mar sin. Idir an dá linn, níl drochdhóigh ar bith orainn. Tá raidió ann, agus neart leabhar.'

'A chead aige sin,' a dúirt Peter, 'tá mise ag dul a chuartú thart timpeall an tí.'

Mhol gach duine leis sin agus b'in an uair a thosaigh a gcuid eachtraí i gceart. Teach a bhí ann nach raibh deireadh choíche leis, dar leat, agus ba mhór le rá an méid cúl agus cúinní rúnda a bhí ann. Na chéad doirse a thriail siad, ní raibh faic taobh thiar díobh ach seomraí folmha nach rabhthas ag baint úsáid astu. Bhí gach rud díreach mar a shíl na páistí a bheadh go dtí gur tháinig siad ar sheomra fada a bhí lán pictiúirí. Ba sa seomra sin a chonaic siad culaith chomhraic den chineál a bhíodh ar laochra sa seanam. Bhí seomra ina dhiaidh sin a raibh dath glas ar na ballaí ann agus cláirseach sa

chúinne. Ansin chuaigh siad trí chéim síos agus cúig chéim suas gur tháinig siad amach i halla beag thuas staighre. Bhí doras as sin amach go dtí balcóin agus, ina dhiaidh sin, bhí sraith seomraí ann agus iad líonta lán de leabhair. Bhí cuid de na leabhair sin iontach sean agus bhí cuid acu níos mó ná an Bíobla Naofa féin. Go gairid ina dhiaidh sin, d'amharc siad isteach i seomra a bhí chomh folamh le feadóg seachas prios mór amháin a bhí ann; prios éadaigh den chineál a mbíonn scáthán sa doras ann. Ach ní raibh a dhath eile sa seomra amach ó chuileog ina luí marbh ar leac na fuinneoige.

'Folamh!' arsa Peter, agus d'imigh siad leo arís – bhuel, níor imigh Lucy. D'fhan sise go bhfeicfeadh sí cad é a bhí taobh thiar de dhoras an phriosa, cé go raibh barúil mhaith aici go mbeadh glas air. B'iontach léi, mar sin, nuair a d'oscail an doras go deas réidh. Thit cúpla rud amach ar an urlár – liathróidí a cuireadh ann le leamhain a mharú.

D'amharc Lucy isteach. Chonaic sí cótaí ar crochadh ann – cótaí fada fionnaidh a bhí sa chuid is mó acu.

Ní iarradh Lucy de phléisiúr ach fionnadh a mhothú agus a bholú. Siúd isteach sa phrios í i measc na gcótaí agus an fionnadh ag cuimilt dá grua. D'fhág sí an doras ar oscailt, dar ndóigh, nó bhí a fhios aici gur rud bómánta a bheadh ann í féin a dhruidim istigh i bprios. Chuaigh sí rud beag níos faide isteach agus chonaic sí sraith eile cótaí taobh thiar den chéad sraith. Choinnigh sí a dhá lámh sínte amach roimpi, nó bhí an solas iontach lag agus ní raibh sí ag iarraidh a gaosán a bhualadh i gcoinne chúl an phriosa. Thug sí céim eile – dhá chéim agus trí chéim – agus í ag súil i rith an ama go mothódh sí adhmad faoina méara gan mhoill. Ach ní raibh adhmad ná adhmad ann.

'Caithfidh sé gur prios millteanach mór atá ann!' a dúirt Lucy léi féin agus í ag dul rud beag eile chun tosaigh, ag brú na gcótaí boga as an bhealach. Ansin, mhothaigh sí rud éigin briosc faoina cosa. 'Níl a fhios agam cad é sin? Tuilleadh de na liathróidí leamhain sin?' a smaoinigh sí agus chrom sí síos le go mothódh sí lena lámh é. Ní adhmad mín crua an phriosa a bhí ann, áfach, ach rud éigin a bhí chomh bog le púdar agus a bhí millteanach, millteanach fuar. 'Tá seo ar rud chomh haisteach is a chonaic mé riamh,' ar sise, agus thug sí céim nó dhó ar aghaidh.

Ní fionnadh bog na gcótaí a bhí ag cuimilt dá grua agus dá lámh níos mó, ach rud éigin crua, garbh, géar. 'Ní chuirfeadh sé rud ar bith i gcuimhne duit ach craobhacha!' a scairt Lucy. Chonaic sí ansin go raibh solas i bhfad amach roimpi (agus ní cúpla orlach ar shiúl san áit a mbeifeá ag súil le cúl an phriosa a bheith). Bhí rud éigin ag titim anuas uirthi, stuif a bhí bog agus fuar. Ba ghairid go bhfaca sí gur ina seasamh i lár coille a bhí sí. Bhí an oíche ann agus bhí sneachta faoina cosa agus bratóga sneachta ag titim san aer thart timpeall.

Bhí faitíos ar Lucy, ach bhí sí fiosrach agus rud beag tógtha. D'amharc sí siar thar a gualainn agus chonaic sí doras an phriosa istigh i measc na gcrann dorcha. Bhí an doras oscailte i gcónaí, sa dóigh is go raibh sí in ann amharc isteach sa seomra folamh taobh thiar di. (Dar ndóigh,

níor dhún Lucy an doras ina diaidh, mar bhí a
fhios aici gur rud bómánta a bheadh ann í féin
a dhruidim istigh sa phrios.) Bhí solas lae sa
seomra fós, de réir cosúlachta. 'Beidh mé in ann
filleadh má tharlaíonn drochrud ar bith anseo,'
a smaoinigh Lucy. Thóg sí céim agus céim eile
ar aghaidh, agus an sneachta ag brioscarnach
faoina cosa. Shiúil sí tríd an choill i dtreo
an tsolais. Bhain sí an solas amach i ndiaidh
deich mbomaite siúil agus cad é do bharúil
ach gur lampa sráide a bhí ann. Sheas sí ag
amharc air, ag iarraidh a dhéanamh amach cad
chuige ar cuireadh lampa sráide i lár
coille. B'in an uair a chuala sí trup
na gcos ag teacht ina treo.
Níorbh fhada ina dhiaidh
sin gur tháinig duine
fíoraisteach amach as
measc na gcrann gur
sheas sé ansin faoi
sholas an lampa sráide.
Duine a bhí ann
nach raibh ach píosa
beag níos airde ná
Lucy. Bhí scáth báistí
oscailte amach os a
chionn aige, é clúdaithe

le sneachta bán. Fear mar fhear ar bith eile a bhí ann óna lár aníos ach bhí a dhá chos mar a bheadh cosa gabhair ann, clúdach d'fhionnadh dubh orthu agus dhá chrúb san áit a mbeadh méara na coise ar dhuine daonna. Bhí ruball air chomh maith, rud nár thug Lucy faoi deara mar bhí sé fillte go deas néata timpeall na láimhe a bhí tógtha in airde aige chun an scáth báistí a iompar. Níor theastaigh uaidh, dar ndóigh, a ruball a bheith ag scuabadh an tsneachta. Bhí scairf dhearg olla timpeall a mhuiníl aige agus bhí dath beagáinín dearg ar a chraiceann féin. Má bhí a aghaidh go hait ní raibh sí gan a bheith taitneamhach: féasóigín beag biorach, folt catach agus adharc bheag ar gach taobh de chlár a éadain. Scáth báistí i lámh amháin aige, mar a dúirt mé cheana; roinnt beartán faoi chlúdach páipéar donn ar iompar sa lámh eile aige. Idir na beartáin agus an sneachta, bhí sé díreach cosúil le fear a bheadh ag siopadóireacht aimsir na Nollag. Fánas a bhí ann. Nuair a chonaic sé Lucy, baineadh geit chomh mór sin as gur lig sé dá chuid beartán titim go talamh.

'A thiarcais!' a scairt an Fánas.

An Méid a Chonaic Lucy Ann

'Tráthnóna maith,' a dúirt Lucy. Ach bhí an Fánas ag bailiú a chuid beartán ón talamh agus bhí moill air í a fhreagairt. Agus an gnó sin déanta aige, d'umhlaigh sé di beagáinín.

'Tráthnóna maith, tráthnóna maith,' arsa an Fánas. 'Gabhaim pardún as a bheith chomh fiosrach, ach an féidir gur duine d'Iníonacha Éabha thú?'

'Lucy an t-ainm atá orm,' ar sise, mar níor thuig sí é go rómhaith.

'Ach an bhfuil tú i do chailín, mar a déarfá?' arsa an Fánas.

'Cailín atá ionam go cinnte,' arsa Lucy.

'Agus an Duine Daonna thú?'

'Nach bhfuil a fhios agat go maith gur duine daonna mé,' arsa Lucy. Níor thuig sí brí na gceisteanna go léir.

'Cinnte, cinnte,' arsa an Fánas. 'Nach mise atá amaideach! Níl ann ach nach bhfaca mé aon Mhac de Chlann Ádhaimh riamh, ná aon Iníon de Chlann Éabha ach oiread. Tá lúcháir orm.

Is é sin le rá –' Níor chríochnaigh sé an abairt, amhail is go raibh sé ar tí rud éigin a rá arbh fhearr leis a choinneáil faoi rún. 'Is ea. Tá sin orm, lúcháir. Tá sé chomh maith agam mé féin a chur in aithne duit. Is mise Tumnus.'

'Is deas bualadh leat, a Mháistir Tumnus,' arsa Lucy.

'Agus an miste dom a fhiafraí díot, a Lucy Iníon Éabha,' arsa Máistir Tumnus, 'cad é mar a tháinig tú go Nairnia?'

'Nairnia? Cad é sin?' arsa Lucy.

'Is í Nairnia an tír ina bhfuil tú anois,' arsa an Fánas. 'Is é sin, an tír uile idir an lampa sráide agus caisleán mór Chathair Paraivéil ar imeall na farraige thoir. Agus tusa – an é gur tháinig tú chugainn trí Choillte Fiáine an Iarthair?'

'Mise – tháinig mé tríd an phrios éadaigh sa seomra spáráilte,' arsa Lucy.

'Á!' arsa Máistir Tumnus de ghuth brónach. 'Nach trua nár chaith mé níos mó dua leis an tíreolaíocht nuair a bhí mé beag óg. Bheadh eolas agam ar thíortha na coigríche uile. Ach tá sé ródhéanach anois.'

'Ach ní tíortha iad sin,' arsa Lucy, agus fonn gáire uirthi. 'Níl sé ach píosa beag siar an bóthar – sílim. Tá sé ina shamhradh ansin.'

'Agus é ina gheimhreadh i Nairnia,' arsa

Máistir Tumnus. 'Agus tá sé mar sin le fada fada an lá. Ach tiocfaidh slaghdán ar an bheirt againn inár seasamh ag comhrá sa sneachta. Ar mhaith leat teacht liom agus braon tae a ól, a Iníon Éabha ó thír Seomraspáráilte, áit a mbíonn sé ina shíorshamhradh i gcathair gheal Prioséadaigh?'

'Ba mhaith go cinnte, a Mháistir Tumnus, agus tá mé buíoch díot. Ach níl a fhios agam nár cheart dom dul abhaile.'

'Níl sé ach thart an coirnéal,' a dúirt an Fánas. 'Agus geallaim duit go mbeidh tine mhór sa teallach, agus arán rósta agus sairdíní agus cáca milis.'

'Tá tú an-chineálta,' arsa Lucy. 'Ach ní thig liom fanacht i bhfad.'

'Cuir do lámh faoi m'ascaill, a Iníon Éabha,' arsa Máistir Tumnus. 'Coinneoidh mise an scáth báistí in airde os ár gcionn. Sin é. Anois – chun siúil linn.'

Agus sin mar a tharla Lucy a bheith ag siúl tríd an choill lámh ar lámh leis an neach aisteach seo amhail is go raibh seanaithne acu ar a chéile.

Ní raibh siad i bhfad ag siúl gur tháinig siad amach ar thalamh garbh creagach a raibh cnocáin suas agus cnocáin síos ann. Bhí siad ag

siúl i ngleanntán beag íseal nuair a thiontaigh
Máistir Tumnus ar leataobh go tobann.
Shílfeá go raibh sé chun siúl díreach isteach i
gcarraig mhór a bhí ann ach cad é do bharúil
ach gur bealach isteach i bpluais a bhí ann.
Threoraigh sé Lucy isteach ann agus b'in rompu
tine mhór adhmaid a bhí chomh geal sin go
raibh ar Lucy a súile a dhúnadh agus a oscailt,
a dhúnadh agus a oscailt arís. Chrom Máistir
Tumnus síos gur bhain sé aibhleog amach as
an tine le maide briste beag slachtmhar. Las sé

lampa leis an aibhleog. 'Anois, beidh gach rud réidh go luath,' a dúirt sé agus chuir síos an citeal.

Dar le Lucy nach raibh sí riamh in áit níos deise. Pluais bheag thirim ghlan a bhí ann, ballaí de chloch dhearg ann, brat ar an urlár agus dhá chathaoir bheaga ('Ceann domsa agus ceann eile do chompánach,' arsa Máistir Tumnus), tábla agus drisiúr, clár os cionn na tine agus, suite ar an chlár sin, pictiúr de shean-Fhánas a raibh féasóg liath air. Bhí doras i gcúinne den seomra agus dar le Lucy gurbh ann a bhí seomra leapa Mháistir Tumnus. Bhí seilf lán leabhar le ceann de bhallaí na pluaise. D'amharc Lucy ar na leabhair fad is a bhí fear an tí ag cur amach na gcupán is na bplátaí. Ba iad na teidil a bhí orthu *Sailéineas – Beatha agus Saothar* agus *Nimfeacha agus a gCuid Dóigheanna* agus *Fir, Manaigh agus Maoir Sheilge; Staidéar ar Fhinscéalta na nDaoine* agus *An bhFuil a Leithéid de Rud Ann agus Daoine Daonna?*

'Anois, a Iníon Éabha!' arsa an Fánas.

Scoth an tae a bhí ann. Agus bhí ubh dheas dhonn le hithe leis, í bruite go bog, agus sairdíní ar arán rósta ina dhiaidh sin, arán rósta agus im air, arán rósta agus mil air agus císte a raibh siúcra ar a bharr. Faoi dheireadh, nuair a bhí a sáith ite ag Lucy, thosaigh an Fánas a chaint.

Bhí scéalta iontacha le hinsint aige faoi shaol na foraoise. Labhair sé faoi na damhsaí meán oíche, nuair a thagadh le chéile Nimfeacha na dtoibreacha agus Nimfeacha na gcoillte le dul a dhamhsa leis na Fánais; labhair sé faoi laethanta fada sa tóir ar an charria bhán a thabharfadh mian do chroí duit dá mbéarfá air sa tseilg;

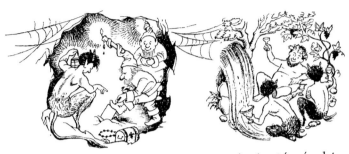

labhair sé faoi na féastaí agus faoin tóraíocht taisce i gcuideachta na nDraoidíní Dearga fiáine sna mianaigh faoi thalamh agus sna pluaiseanna go domhain faoi chlár na foraoise agus labhair sé faoin samhradh nuair a bhíodh dath glas ar na coillte agus nuair a thagadh sean-Sailéineas ar cuairt ar dhroim a asail ramhair. Thagadh Bacas féin ar cuairt, corruair, agus ní uisce a bhíodh sna sruthán lena linn sin, ach fíon. Ar feadh seachtainí i ndiaidh a chéile, ní bhíodh aird ag muintir na foraoise ar aon ní ach siamsa. 'D'imigh sin agus tháinig seo,' a dúirt sé go gruama. 'An geimhreadh a bhíonn ann i gcónaí anois.' Ansin, lena chroí a dhéanamh éadrom, bhain sé fliúit amach as cás a bhí ar an drisiúr. Rud beag aisteach a bhí ann, agus é déanta de thuí, shílfeá. An port a sheinn sé, chuir sé fonn caointe ar Lucy, agus fonn gáire agus fonn damhsa agus fonn codlata agus sin uilig d'aon bhabhta amháin. Is dócha go raibh uaireanta an chloig imithe thart nuair a chroith sí í féin agus dúirt:

'Ó a Mháistir Tumnus – ní maith liom cur isteach ort, agus tá mo chroí istigh sa phort sin – ach, le fírinne, caithfidh mé dul abhaile. Ní raibh mé ag iarraidh fanacht ach seal beag gearr.'

'Ní fiú sin a rá anois, tá a fhios agat,' a dúirt an Fánas. Chuir sé síos an fhliúit agus chroith a cheann go brónach.

'Ní fiú?' arsa Lucy. D'éirigh sí de léim agus a sáith eagla uirthi. 'Cad é atá i gceist agat? Caithfidh mé dul abhaile lom láithreach. Beidh mo mhuintir buartha fúm.' Ach ní fada go raibh sí ag fiafraí de, 'A Mháistir Tumnus! Cad é atá ort?' mar bhí súile donna an Fhánais lán deor. Bhí deora ag sileadh lena ghrua agus ag titim síos óna ghaosán. Ar deireadh, chuir sé a cheann ina lámha agus é ag búireach le brón.

'A Mháistir Tumnus! A Mháistir Tumnus!' arsa Lucy agus í go mór trína chéile. 'Ná caoin! Ná caoin! Cad é atá ort? An é nach bhfuil tú ag mothú go maith? A Mháistir Tumnus, a chroí, inis dom cad é atá cearr.'

Ach mhair an Fánas air ag gol agus dar le duine go mbrisfí a chroí. Fiú i ndiaidh do Lucy dul a fhad leis, fiú i ndiaidh di a lámha a chur

timpeall air agus a ciarsúr a thabhairt ar iasacht
dó, ní raibh stad air. Ní dhearna sé ach greim a
fháil ar an chiarsúr, é a chur lena aghaidh agus
an t-uisce a fháisceadh as lena dhá lámh nuair
a d'éiríodh sé rófhliuch ar fad. Níorbh fhada go
raibh Lucy ina seasamh i linn bheag uisce.

'A Mháistir Tumnus!' a scairt Lucy díreach
isteach ina chluas, agus thug croitheadh maith
dó. 'Stad de sin anois díreach, maith an fear!
Nach bhfuil náire ort, agus tú i d'Fhánas mór
breá? Cad chuige a bhfuil tú ag caoineadh mar
sin?'

'Ó – ó – ó!' a dúirt Máistir Tumnus trína
chuid criongáin. 'Is é an fáth mo chaointe ná
gur droch-Fhánas atá ionam.'

'Ní shílim féin gur droch-Fhánas atá ionat

ar chor ar bith,' a dúirt Lucy. 'Sílim gur Fánas fíormhaith atá ionat. Is tusa an Fánas is deise a casadh orm riamh.'

'Ó – ó – ní déarfá sin dá mbeadh a fhios agat,' a d'fhreagair Máistir Tumnus idir rachtanna goil. 'Droch-Fhánas mé gan amhras. Ní dócha go raibh Fánas níos measa ná mise ann ó bhí an saol ina ghasúr.'

'Ach cad é seo a rinne tú?' a d'fhiafraigh Lucy.

'M'athair dílis féin,' arsa Máistir Tumnus, 'siúd é sa phictiúr ar an mhatal thall. Ní dhéanfadh seisean choíche a leithéid de rud.'

'Cad é an rud seo a bhfuil tú ag caint air?' arsa Lucy.

'An rud atá déanta agamsa,' arsa an Fánas. 'A bheith ina ghiolla ag an Bhandraoi Bhán mar atá mise. Is í an Bandraoi Bán a íocann mo thuarastal.'

'An Bandraoi Bán? Cé hí sin?'

'Ise a bhfuil Nairnia ar fad faoina smacht. Ise is cúis leis an gheimhreadh shíoraí. Smaoinigh air sin – é a bheith ina gheimhreadh i gcónaí gan an Nollaig a theacht choíche!'

'Tá sin millteanach!' arsa Lucy. 'Ach cad chuige a n-íocann sí tuarastal leatsa?'

'Sin an chuid is measa de,' arsa Máistir

Tumnus d'osna a tháinig óna chroí. 'Íocann sí mé chun daoine a fhuadach. Amharc orm, a Iníon Éabha. An gcreidfeá gur mise an cineál Fánais a chasfadh le leanbh beag soineanta sa choill, leanbh nach ndearna olc ar bith dó riamh, a ligfeadh air féin gur cara é, a thabharfadh cuireadh chun tí di agus a thabharfadh suas don Bhandraoi Bhán í ina dhiaidh sin?'

'Ní chreidim cuid ar bith de sin,' arsa Lucy. 'Tá mé cinnte nach ndéanfá tusa rud ar bith den sórt.'

'Ach rinne,' arsa an Fánas.

'Bhuel,' arsa Lucy agus í ag labhairt go measartha mall (mar bhí sí ag iarraidh an fhírinne a insint gan a bheith róchrua air), 'bhí sin dona go leor. Ach tá mé cinnte go bhfuil aiféaltas ort agus nach ndéanfaidh tú choíche arís é.'

'Nach dtuigeann tú, a Iníon Éabha?' arsa an Fánas. 'Ní hé go ndearna mé é san am atá thart. Tá sé á dhéanamh anois agam, san am i láthair.'

'Cad é atá tú a rá?' a scairt Lucy, agus dath bán ag teacht uirthi.

'Is tusa an leanbh,' arsa Tumnus. 'Thug an Bandraoi Bán ordú dom dá gcasfaí Mac de chuid Ádhaimh nó Iníon de chuid Éabha orm sa choill, iad a ghabháil agus a thabhairt ar láimh di. Agus is tusa an chéad neach den sórt a casadh orm riamh. Agus lig mé orm gur cara duit mé agus thug mé cuireadh chun tae duit agus mé ag fanacht ar feadh an ama go dtitfeá i do chodladh le go n-imeoinn liom agus an scéal a insint don Bhandraoi.'

'Ach ní dhéanfaidh tú é sin, a Mháistir Tumnus,' arsa Lucy. 'Abair liom nach ndéanfaidh. Ní bheadh sé ceart ná cóir é sin a dhéanamh.'

'Agus mura ndéanfaidh mé é,' arsa seisean, agus chuaigh sé a chaoineadh arís, 'is cinnte go bhfaighidh sí amach. Agus bainfidh sí an ruball díom, agus m'adharca agus m'fhéasóg. Buailfidh sí lena slat draíochta mé agus beidh crúba troma capaill feasta san áit a raibh mo chrúba deasa scoilte. Agus má bhíonn sí spréachta amach is amach, déanfaidh sí dealbh chloiche díom agus cuirfear i mo sheasamh mé ina teach míofair féin go dtí go líonfar na ceithre ríchathaoir i gCathair Paraivéil – agus cá bhfios cá huair a tharlóidh é sin, má tharlaíonn sé choíche.'

'Tá mé an-bhuartha, a Mháistir Tumnus,' arsa Lucy. 'Ach an ligfidh tú dom dul abhaile, le do thoil.'

'Ligfidh dar ndóigh,' arsa an Fánas. 'Sin é an rud a chaithfidh mé a dhéanamh. Tuigim

é sin anois. Ní raibh a fhios agam cad é leis a
bhfuil Daoine Daonna cosúil go dtí gur casadh
tusa orm. Ní thig liom tú a thabhairt suas
don Bhandraoi Bhán anois ó chuir mé aithne
ort. Ach caithfidh muid imeacht linn anois.
Siúlfaidh mé leat ar ais go dtí an Lampa Sráide.
Glacaim leis go mbeidh tú in ann do bhealach
féin a dhéanamh as sin go Seomraspáráilte agus
Prioséadaigh?'

'Tá mé cinnte de,' arsa Lucy.

'Caithfidh muid a bheith iontach ciúin,' arsa
Máistir Tumnus. 'Tá an choill lán de spiairí an
Bhandraoi. Cuid de na crainn, fiú amháin, tá
siad ar an taobh s'aicise.'

D'éirigh an bheirt acu agus d'fhág soithí
an tae ar an tábla. D'ardaigh Máistir Tumnus
a scáth báistí arís agus d'iarr ar Lucy a lámh
a chur faoina ascaill. Amach leo sa sneachta

ansin. Ba mhór idir an turas seo agus an turas a bhí acu go dtí pluais an Fhánais; d'imigh siad leo chomh ciúin agus a thiocfadh leo ar na cosáin ba mhó a bhí faoi scáth. Ní raibh oiread agus focal comhrá eatarthu. Bhí faoiseamh ar Lucy nuair a bhain siad an lampa sráide amach arís.

'An bhfuil fios an bhealaigh agat as an áit seo, a Iníon Éabha?' arsa Máistir Tumnus.

D'amharc Lucy idir na crainn agus chonaic sí solas i bhfad ar shiúl a bhí cosúil le solas lae. 'Tá a fhios,' a dúirt sí, 'Chím doras an phriosa éadaigh.'

'Mar sin de, bí ar shiúl abhaile chomh tiubh géar agus a thig leat,' arsa an Fánas, 'agus – an, an féidir go dtabharfá maithiúnas dom choíche as an rud a bhí leagtha amach agam a dhéanamh?'

'Féadann tú a bheith cinnte de,' arsa Lucy, agus chroith sí lámh leis go croíúil. 'Agus tá súil agam nach bhfuil mé i ndiaidh mí-ádh mór a tharraingt ort.'

'Go dté tú slán, a Iníon Éabha,' ar seisean. 'B'fhéidir go ligfeá dom an ciarsúr a choinneáil?'

'Ligfidh, le croí mór maith!' arsa Lucy agus d'imigh sí sna featha fásaigh i dtreo an tsolais. Níorbh fhada di ag rith ná gur fhág sí ina diaidh na craobhacha garbha agus an sneachta briosc. Ina n-áit sin, mhothaigh sí cótaí boga agus cláir adhmaid agus siúd de léim í amach as an phrios isteach sa seomra folamh inar thosaigh a cuid eachtraí. Dhruid sí doras an phriosa go daingean ina diaidh. D'amharc sí thart timpeall agus a hanáil i mbéal a goib aici. Bhí sé fós ag cur báistí agus chuala sí glórtha na bpáistí eile sa phasáiste.

'Tá mé anseo,' a scairt sí. 'Tá mé anseo. Tháinig mé ar ais. Tháinig mé slán.'

Edmund agus an Prios Éadaigh

Rith Lucy amach as an seomra folamh isteach sa phasáiste, áit a raibh an triúr eile.

'Tá gach rud ceart go leor,' a dúirt sí arís is arís eile, 'Tá mé tagtha ar ais.'

'Cad é faoi Dhia atá tú a rá, a Lucy?' a d'fhiafraigh Susan.

'Níl ann ach,' arsa Lucy agus iontas uirthi, 'nach raibh sibh ag iarraidh a fháil amach cá háit a raibh mé?'

'Á, chuaigh tú i bhfolach orainn, an ndeachaigh?' arsa Peter. 'Lu bhocht, chuaigh sí i bhfolach agus níor chuir duine ar bith cronú inti! Beidh agat le fanacht níos faide ná sin sula dtiocfaidh daoine ar do lorg.'

'Ach bhí mé ar shiúl ar feadh uaireanta fada an chloig,' arsa Lucy.

D'amharc an mhuintir eile ar a chéile.

'Craiceáilte,' arsa Edmund, agus leag sé méar ar thaobh a chinn. 'Craiceáilte amach is amach!'

'Cad é atá tú ag iarraidh a rá, a Lu?' a

d'fhiafraigh Peter.

'Díreach an rud a dúirt mé,' a d'fhreagair Lucy. 'Bhí an bricfeasta díreach thart nuair a chuaigh mé isteach sa phrios éadaigh agus tá mé ar shiúl ar feadh uaireanta fada agus d'ól mé tae agus tharla oiread rudaí ó shin.'

'Ná bí amaideach, a Lucy' arsa Susan. 'Níl muid ach i ndiaidh teacht amach as an seomra tá bomaite ó shin agus bhí tusa ann an t-am sin.'

'Ní amaideach atá sí,' arsa Peter, 'níl ann ach scéilín beag grinn a chum sí, nach ea, a Lu? Agus cén dochar?' arsa Peter.

'Ní hea, a Peter. Ní mar sin atá sé,' arsa Lucy. 'Is é atá ann – prios draíochta atá ann. Tá coill istigh ann agus tá sé ag cur sneachta ann agus tá Fánas ann agus Bandraoi agus is é Nairnia an t-ainm atá ar an áit; goitse go bhfeice tú.'

Ní raibh an mhuintir eile in ann bun ná barr a dhéanamh den chaint sin ach bhí Lucy chomh tógtha sin gur lean siad isteach sa seomra í. D'imigh sise rompu ina rith, d'oscail doras an phriosa agus scairt, 'Anois! Gabhaigí sibhse isteach go bhfeice sibh féin.'

'Arú, a phleidhce,' arsa Susan, a bhí i ndiaidh a ceann a chur isteach agus na cótaí fionnaidh a bhogadh, 'prios éadaigh atá ann cosúil le prios ar bith eile; amharc! Sin an cúl ansin agus é druidte.'

Rinne gach duine eile acu an rud céanna – amharc isteach sa phrios agus na cótaí a bhogadh le radharc níos fearr a fháil. Ba é a chonaic gach duine – Lucy san áireamh – ná prios éadaigh mar phrios ar bith eile. Dheamhan coill, dheamhan sneachta. Ní raibh le feiceáil ach cúl an phriosa agus crúcaí sáite ann. Chuaigh Peter isteach agus bhuail lena dhorn é, le déanamh cinnte gur adhmad ceart crua a bhí ann.

'Maith thú, a Lu,' a dúirt sé agus é ag teacht amach; 'bhuail tú bob orainn uilig, caithfidh mé a admháil. Ba bheag nár chreid mé féin an scéal.'

'Ach ní ag bobaireacht a bhí mé,' arsa Lucy. 'M'fhocal duit nach raibh. Ní mar sin a bhí an prios nuair a bhí mise istigh ann. Sin í an fhírinne. An fhírinne ghlan.'

'Seo, a Lú,' arsa Peter; 'tá tú ag dul thar fóir leis seo. Bhuail tú bob orainn. Fágaimis mar sin é.'

Tháinig dath dearg ar aghaidh Lucy. Bhí sí ag iarraidh rud éigin a rá ach ní raibh a fhios aici go rómhaith cad é a bhí ann. Ní caint a tháinig chuici, ach deora.

Bhí sí tromchroíoch i gceart sna laethanta beaga ina dhiaidh sin. Bhí maithiúnas le fáil aici dá mbeadh sí sásta a rá nach raibh ann ach scéal beag siamsa. Ach cailín iontach ionraic a bhí i Lucy agus bhí a fhios aici gur inis sí an fhírinne; mar sin de, ní raibh sí in ann a mhalairt a rá. Ghoill sé uirthi gur shíl an mhuintir eile gur inis sí bréag, agus bréag bheag leanbaí mar bharr ar an donas. Ní raibh an bheirt ba shine olc di ach bhí Edmund rud beag mioscaiseach riamh agus, an t-am seo, bhí sé an-mhioscaiseach ar fad. Bhíodh sé ag magadh ar Lucy agus ag déanamh beag di, ag fiafraí di ar tháinig sí ar thír aineoil eile i bprios éadaigh áit ar bith eile sa teach. Nár chuma ach gur cheart go mbeadh sí ag baint aoibhnis as na laethanta a bhí ann. Bhí an aimsir go breá agus bhíodh siad amuigh faoin aer ó mhaidin go hoíche, ag snámh, ag iascaireacht, ag dreapadh na gcrann nó ina luí sa fhraoch. Ach ba bheag sult a bhain Lucy as rud ar bith. Mhair an scéal mar sin go dtí gur tháinig lá báistí.

Tráthnóna an lae sin, nuair nach raibh athrú ar bith ar an aimsir, dúirt siad go mbeadh cluiche folacháin acu. Ba í Susan an tóraí agus scaip an mhuintir eile ar fud an tí ag lorg áiteanna folacháin. Chuaigh Lucy caol díreach go dtí an seomra a raibh an prios éadaigh ann. Ní hé go raibh sí ag iarraidh dul i bhfolach sa

phrios, nó bhí a fhios aici nach ndéanfadh sin
ach an mhuintir eile a chur a chaint arís faoin
scéal míthaitneamhach ar fad. Ní raibh ann
ach go raibh sí ag iarraidh amharc isteach ann
uair amháin eile mar, faoin am seo, ní raibh
sí féin cinnte nach ag brionglóideach a bhí sí
nuair a chonaic sí Nairnia agus an Fánas. Bhí an
teach chomh mór agus chomh spréite sin, agus
chomh lán sin d'áiteanna rúnda, go mbeadh a
sáith ama aici amharc isteach sa phrios agus
áit folacháin a fháil ina dhiaidh sin. Ach níor
luaithe a chuaigh sí chomh fada leis an phrios
ná gur chuala sí trup na gcos sa phasáiste. Ní
raibh an dara rogha aici ach léim isteach sa
phrios agus an doras a tharraingt ina diaidh.
Choinnigh sí greim ar chúl an dorais ach níor
dhruid sí ar fad é mar bhí a fhios aici gur rud
bómánta a bheadh ann í féin a dhruidim istigh
i bprios, bíodh sé ina phrios draíochta nó ná
bíodh.

Ba é Edmund a chuala sí ag teacht; tháinig
sé isteach sa seomra díreach in am le Lucy a
fheiceáil agus í ag dul i bhfolach sa phrios.
Rinne sé amach go rachadh sé féin isteach ann
– ní cionn is gur shíl sé gur áit mhaith folacháin
a bhí ann ach cionn is go raibh sé ag iarraidh
coinneáil air ag magadh ar Lucy faoin tír seo

nach raibh ann ach ina haigne féin. D'oscail sé
an doras. Bhí na cótaí ar crochadh ann, mar ba
ghnách. Bhí sin ann fosta boladh na liathróidí
leamhan, dorchadas agus tost ach ní raibh Lucy
le feiceáil ar chor ar bith.

'Síleann sí gur mise Susan sa tóir uirthi,' a
dúirt Edmund leis féin, 'i gcúl an phriosa atá sí
agus í ina tost.' Léim sé isteach agus lig sé don
doras druidim ina dhiaidh, cé gurbh amaideach
an mhaise dó é. Chuaigh sé a ghliúmáil roimhe
sa dorchadas, ag iarraidh teacht ar Lucy. Shíl
sé nach mbeadh sé i bhfad á cuartú agus bhí
iontas air nach raibh ag éirí leis teacht uirthi.
Dar leis go n-osclódh sé an doras arís le beagán
solais a ligean isteach ach ní raibh sé ábalta an
doras a aimsiú ach oiread. Ní raibh dúil ar bith
aige sa chluiche seo níos mó agus é ag útamáil
is ag únfairt i ngach treo. Fiú amháin gur scairt
sé 'Lucy! Lu! Cá bhfuil tú? Tá a fhios agam go
bhfuil tú ann.'

Freagra ná freagra ní bhfuair sé. Bhí fuaim ait
lena ghuth féin – ní fuaim a bhí ann a dhéanfadh
duine a bheadh istigh i bprios éadaigh ach
fuaim mar a dhéanfadh duine agus é amuigh
faoin aer. Bhí fuacht aisteach ann fosta, agus
solas le feiceáil amach roimhe.

'Buíochas le Dia,' arsa Edmund, 'caithfidh

sé gur oscail an doras uaidh féin.' Rinne sé dearmad de Lucy agus shiúil i dtreo an tsolais, ag déanamh gur doras oscailte an phriosa a bhí ann.

Ach ní sa seomra spáráilte a tháinig sé amach ar chor ar bith. Shiúil sé amach ó scáth na gcrann giúise tiubh dorcha go bhfuair sé é féin ina sheasamh i réiteach i lár coille.

Bhí sneachta tirim briosc faoina chosa agus bhí ualach sneachta ar ghéaga na gcrann. Spéir ghorm bháiteach os a chionn – an spéir a bhíonn le feiceáil maidin bhreá gheimhridh. Díreach amach roimhe, i measc na gcrann, bhí an ghrian ag éirí – í an-dearg, an-soiléir. Bhí suaimhneas iontach ann, amhail is gurbh eisean an t-aon neach beo sa tír. Ní raibh oiread agus spideog

ná madadh crainn le feiceáil i measc na gcrann, díreach an choill fad a radhairc ar gach taobh de. Chuaigh creathán fuachta tríd.

Ansin a chuimhnigh sé gur ar lorg Lucy a bhí sé agus cé chomh gránna a bhí sé léi agus é ag magadh faoin tír a bhí sí i ndiaidh a 'chumadh'. Dar leis go gcaithfeadh sí a bheith ar fáil áit éigin in aice láimhe agus scairt sé: 'Lucy! Lucy! Tá mise anseo fosta – Edmund!'

Dheamhan freagra.

'Tá sí ar mire faoi na rudaí ar fad a dúirt mé le tamall,' a smaoinigh Edmund. Ba bheag fonn a bhí air a admháil go ndearna sé rud ar bith as bealach, ach ba lú ná sin an fonn a bhí air bheith leis féin san áit chiúin, fhuar seo. Mar sin de, scairt sé arís:

'Lu! Tá mé buartha nár chreid mé do scéal. Chím anois go raibh an ceart agat an t-am ar fad. Tar amach. Ná bímis ag troid níos mó.'

Fós féin ní bhfuair sé freagra.

'Seo cleasa cailín agat,' arsa Edmund leis féin, 'tá sí i bhfolach áit éigin agus smut uirthi.' D'amharc sé thart agus dúirt leis féin nach raibh dúil ar bith aige san áit seo. Bhí sé ar tí imeacht abhaile nuair a chuala sé trup cloigíní i bhfad uaidh sa choill.

Bhí an trup ag teacht níos gaire agus níos gaire dó, go dtí gur nocht chuige carr sleamhnáin á tharraingt ag dhá réinfhia.

Bhí na réinfhianna ar cóimhéid le capaillíní Sealtannacha agus bhí a moingeanna níos gile ná an sneachta; adharca craobhacha orthu a bhí ar bharr lasrach faoi sholas na gréine, adhastar den leathar scarlóideach orthu agus cloigíní ar sileadh de ar gach taobh. Ina shuí ar shuíochán an tiománaí bhí draoidín ramhar nach mbeadh thar trí troithe ar airde agus é ina sheasamh. Bhí sé gléasta i bhfionnadh béar bán agus bhí cochall dearg ar a cheann a raibh bobailín fada órga ar sileadh síos óna mhullach; bhí féasóg síos go glúin air sa dóigh is nach raibh brat ná blaincéad de dhíth air. Ach taobh thiar de, ar shuíochán ard i lár an chairr sleamhnáin, bhí

duine ina suí a bhí chomh difriúil ón draoidín
agus a d'fhéadfadh duine a bheith – bean
uasal a bhí níos airde ná bean ar bith a chonaic
Edmund riamh. Bhí clúdach fionnadh bán
suas go scornach uirthi, slat draíochta fhada
dhíreach ina lámh dheas aici agus coróin óir ar

a ceann. Bán a bhí a haghaidh – ní mílítheach, tá a fhios agat, ach bán ar nós an tsneachta nó an pháipéir nó an tsiúcra – amach óna béal fíordhearg. Aghaidh álainn, ar shlí, ach í a bheith bródúil, fuar, crua.

Ba dheas an radharc é an carr sleamhnáin agus é ag teacht faoi dhéin Edmund, na cloigíní á mbualadh agus an draoidín ag oibriú na fuipe agus an sneachta ag éirí in airde ar gach taobh.

'Stop!' arsa an Bhean Uasal agus choisc an draoidín na réinfhianna chomh tobann sin gur bheag nár shuigh siad síos in áit na mbonn. Cheartaigh siad iad féin agus sheas ansin ag cogaint na béalbhaí agus ag séideadh. Ba chosúil le toit an anáil ag teacht as a soc agus ag éirí in airde san aer seaca.

'Agus cén cineál ruda tusa?' arsa an Bhean Uasal agus a súile sáite in Edmund.

'Is mise – is mise – Edmund an t-ainm atá orm,' arsa Edmund go briotach. Ní raibh dúil aige sa dóigh a raibh sí ag stánadh air.

'An mar sin a labhraíonn tú le Banríon?' a d'fhiafraigh sí, agus cuma níos crosta ná riamh uirthi.

'Iarraim pardún, a Bhanríon Uasal. Ní raibh a fhios agam,' arsa Edmund.

'An é nár aithin tú Banríon Nairnia?' a dúirt

sí. 'Há! Beidh fios níos fearr agat ar ball. Ach fiafraím díot arís – cad é atá ionat?'

'Le do thoil, a Bhanríon Uasal,' arsa Edmund, 'níl a fhios agam cad é atá i gceist agat. Tá mé ar scoil – nó bhí, b'fhearr dom a rá – tá na laethanta saoire ann faoi láthair.'

Milseán Turcach

'Ach cad é go díreach atá IONAT?' arsa an Bhanríon. 'An draoidín thú a d'éirigh mór agus a bhain de an fhéasóg?'

'Ní hea, a Bhanríon Uasal,' arsa Edmund, 'ní raibh féasóg orm riamh. Gasúr atá ionam.'

'Gasúr!' arsa sise. 'An bhfuil tú ag rá liom gur duine de Chlann Ádhaimh thú?'

D'fhan Edmund ina staic gan oiread agus focal a rá. Faoin am seo, bhí sé chomh mór sin trína chéile nár thuig sé brí na ceiste.

'Chím gur amadán atá ionat ar scor ar bith,' arsa an Bhanríon. 'Inis dom sula gcaillfidh mé foighid leat: an duine daonna thú?'

'Is ea, a Bhanríon Uasal,' arsa Edmund.

'Agus cén dóigh ar tháinig tú isteach sa ríocht seo agamsa?'

'I gcead duit, a Bhanríon Uasal, tháinig mé tríd an phrios éadaigh.'

'Prios éadaigh? Cad é seo atá tú a rá?'

'D'oscail – d'oscail mé doras agus tharla san áit seo mé, a Bhanríon Uasal,' arsa Edmund.

'Há!' arsa an Bhanríon. Ag caint léi féin a bhí sí seachas le Edmund. 'Doras. Doras idir seo agus Domhan na bhFear! Chuala mé caint ar a leithéid. D'fhéadfadh sé seo gach rud a chur ó rath. Ach níl tagtha ach duine amháin, agus ní bheidh sé deacair déileáil leisean.' Agus í ag rá na bhfocal sin, d'éirigh sí den suíochán agus d'amharc isteach in aghaidh Edmund agus a súile ar lasadh. Thóg sí an tslat draíochta in airde. Bhí Edmund cinnte de go ndéanfadh sí rud uafásach air ach, mar sin féin, ní raibh sé ábalta cor a chur de. Díreach agus é cinnte go raibh a chosa nite, tháinig cuma ar an Bhanríon go raibh sí i ndiaidh athchomhairle a dhéanamh.

'A leanbh bocht,' a dúirt sí agus tuin eile ar fad ar a cuid cainte, 'tá an chuma ort gur préachta atá tú! Goitse agus suigh síos liomsa anseo sa charr sleamhnáin. Cuirfidh mé mo bhrat timpeall ort agus beidh comhrá againn le chéile.'

Ní raibh dúil ar bith ag Edmund sa chuireadh sin ach ní raibh sé de mhisneach aige é a dhiúltú; shiúil sé a fhad leis an charr sleamhnáin agus shuigh síos ag cosa na Banríona. Spréigh sí a brat fionnaidh thart air agus shoiprigh isteach go deas teolaí é.

'Ar mhaith leat rud éigin te a ól?' arsa an

Bhanríon. 'Ar mhaith leat é sin?'

'Ba mhaith, le do thoil, a Bhanríon Uasal,' arsa Edmund, agus a chár ag greadadh ar a chéile.

Chuaigh an Bhanríon a chuartú ina cuid cótaí agus bhain sí amach buidéal beag bídeach a raibh an chosúlacht air gur déanta de chopar a bhí sé. Shín sí a lámh amach agus lig do bhraon amháin titim as an bhuidéal gur thit sé ar an sneachta ag taobh an chairr. D'amharc Edmund ar an bhraon ag titim, é ag glioscarnach mar a bheadh diamant ann. Ach, a luaithe is a bhuail sé an sneachta, chualathas siosarnach agus, i bhfaiteadh na súl, b'in corn suite ar an talamh – é breac le seoda agus lán de leacht éigin a raibh gal ag éirí aníos uaidh. Thóg an draoidín

suas é, d'umhlaigh sé d'Edmund agus aoibh mhíthaitneamhach ar a aghaidh. Thug sé an corn d'Edmund. D'ól Edmund bolgam nó dhó den deoch agus mhothaigh sé i bhfad níos fearr dá thairbhe. Deoch a bhí ann nár bhlais sé riamh, deoch mhilis lán uachtair agus cúr ar a bharr. Théigh sé é ó mhullach a chinn go bun na gcos.

'Níl aon phléisiúr, a Mhic Ádhaimh, a bheith ag ól gan rud éigin a ithe leis,' arsa an Bhanríon i ndiaidh tamaill. 'Cad é do rogha bia?'

'Milseán Turcach, le do thoil, a Bhanríon Uasal,' arsa Edmund.

Lig an Bhanríon do bhraon eile titim as an bhuidéal agus, mar a bhuailfeá do dhá bhos ar a chéile, b'in bosca cruinn agus ribín den síoda glas thart air. Ba é a bhí istigh ann punt nó dhó den Mhilseán Thurcach ab fhearr. Bhí gach greim de milis éadrom go dtí an fíorlár agus níor bhlais Edmund riamh rud ar bith chomh blasta leis. Bhí sé breá te anois, agus breá compordach fosta.

Le linn dó bheith ag ithe, chuir an Bhanríon ceist i ndiaidh ceiste air. I dtús báire, rinne Edmund a dhícheall gan labhairt agus a bhéal lán – nós mímhúinte – ach d'éirigh sé as sin mar bhí sé ag iarraidh oiread agus a thiocfadh leis den Mhilseán Thurcach a chaitheamh siar. Dá mhéad a d'ith sé is amhlaidh ba mhó a bhí sé ag iarraidh a ithe. Ba chuma leis an Bhanríon a bheith chomh fiosrach. D'inis sé di go raibh deartháir amháin aige agus beirt dheirfiúracha, go raibh bean amháin de na deirfiúracha ar cuairt i Nairnia cheana féin agus gur casadh Fánas di ann agus nach raibh eolas ar Nairnia ag duine ar bith amach uaidh féin, a dheartháir agus a dheirfiúracha. Bhí an chuma air gur chuir sí suim mhór sa mhéid sin, go raibh ceathrar acu ann. Luaigh sí arís is arís eile é. 'An bhfuil tú cinnte nach bhfuil ach an ceathrar agaibh ann?' a d'fhiafraigh sí. 'Beirt Mhac de chuid Ádhaimh agus beirt Iníonacha de chuid Éabha, gan duine chuige ná uaidh?' Agus ba é a dúirt Edmund arís is arís eile, agus a bhéal lán den Mhilseán Thurcach, 'Tá. D'inis mé duit cheana.' Rinne sé dearmad 'A Bhanríon Uasal' a rá léi ach ba chosúil nach raibh sin ag cur isteach ná amach uirthi níos mó.

Faoi dheireadh, bhí an Milseán Turcach ar fad ite agus bhí Edmund ag amharc ar an bhosca fholamh agus é ag súil go ndéanfadh sí tuilleadh a thairiscint dó. Is dócha go raibh a fhios ag an Bhanríon go rómhaith an rud a bhí ar intinn Edmund mar bhí a fhios aicise rud nach raibh a fhios aigesean: go raibh geasa ag baint leis an Mhilseán Thurcach céanna. Duine ar bith a bhlaisfeadh é, bheadh tuilleadh agus tuilleadh de dhíth air. Go deimhin, d'íosfaidís oiread de agus a thabharfadh a mbás, dá ligfí dóibh. Ach níor thug sí tuilleadh dó. Is amhlaidh a dúirt sí leis,

'A Mhic Ádhaimh, ba bhreá liom casadh le do dheartháir agus le do dheirfiúracha. An dtabharfaidh tú leat ar cuairt chugam iad?'

'Féachfaidh mé leis,' arsa Edmund, agus é ag amharc ar an bhosca fholamh i gcónaí.

'Mar, dá dtiocfá ar ais arís – agus iad a thabhairt leat, ar ndóigh – thiocfadh liom tuilleadh den Mhilseán Thurcach a thabhairt duit. Ní thig liom é a dhéanamh anois mar ní thig an cleas sin a dhéanamh dhá uair díreach i ndiaidh a chéile. Scéal eile a bheadh ann i mo theach féin.'

'Cad chuige nach dtéimid go dtí do theachsa anois?' arsa Edmund. Nuair a shuigh sé isteach sa charr sleamhnáin i dtosach bhí eagla air go dtabharfadh sí léi é go háit aineoil éigin agus nach mbeadh sé ábalta a bhealach ar ais a dhéanamh; ach ní raibh eagla ar bith air anois.

'Tá mo theachsa go hálainn,' arsa an Bhanríon. 'Tá mé cinnte go dtaitneodh sé leat. Tá seomraí ann atá líonta lán den Mhilseán Thurcach. Rud eile, níl aon pháistí de mo chuid féin agam. Tá mé ag iarraidh buachaill deas a thógfaidh mé ina Phrionsa, a bheidh ina Rí ar Nairnia i mo dhiaidhse. Fad is a bheidh sé ina Phrionsa beidh coróin óir air agus cead aige Milseán Turcach a ithe ó thús go deireadh an lae. Is tusa an fear óg is cliste agus is dóighiúla dár casadh orm riamh. Dar liom go ndéanfaidh mé Prionsa díotsa lá éigin, i ndiaidh duit an mhuintir eile seo a thabhairt ar cuairt chugam.'

'Cad chuige nach dtéimid ann anois,' arsa Edmund. Bhí a aghaidh éirithe an-dearg ar fad agus bhí a bhéal agus a chuid méar smeartha. Déaradh an Bhanríon a rogha rud, ní raibh cuma ar bith air gur ghasúr cliste ná dóighiúil a bhí ann.

'Ach dá dtabharfainn ann anois thú,' arsa sise, 'ní fheicfinn do dheartháir ná do dheirfiúracha. Is mian go mór liom casadh le do dhaoine muinteartha deasa. Beidh tusa i do Phrionsa agus, níos faide anonn, i do Rí. Ná bíodh amhras ar bith ort faoi sin. Ach beidh lucht cúirte agus daoine uaisle de dhíth ort. Mar sin de, déanfaidh mé Tiarna de do dheartháir agus beidh do chuid deirfiúracha ina mBantiarnaí.'

'Níl rud ar bith speisialta fá dtaobh

díobhsean,' arsa Edmund, 'agus, ar scor ar bith, thiocfadh liom iad a thabhairt anseo am éigin eile.'

'Ach an uair amháin a bheifeá i mo theachsa,' arsa an Bhanríon, 'b'fhéidir go ndéanfá dearmad díobh. Bheadh a oiread sin spóirt agat nach mbeifeá ag iarraidh imeacht fána gcoinne. Ní dhéanfadh sin cúis. Caithfidh tú filleadh ar do thír féin anois agus teacht ar ais chugam lá éigin agus iadsan a bheith leat, an dtuigeann tú? Níl maith ar bith ann teacht gan iad.'

'Ach níl a fhios agam an bealach ar ais go dtí mo thír féin,' a dúirt Edmund go himpíoch.

'Níl sé deacair,' a d'fhreagair an Bhanríon. 'An bhfeiceann tú an lampa sin?' Shín sí a slat draíochta amach agus thiontaigh Edmund a cheann go bhfaca sé an lampa, an áit ar casadh Lucy agus an Fánas ar a chéile. 'Díreach ar aghaidh, taobh thiar de sin, tá slí isteach go Domhan an bhFear. Anois, amharc an bealach eile' – agus dhírigh sí an tslat sa treo eile – an bhfeiceann tú dhá chnocán bheaga os cionn na gcrann?'

'Sílim go bhfeicim,' arsa Edmund.

'Bhuel, idir an dá chnoc sin atá mo theachsa. Mar sin de, an chéad uair eile a thiocfaidh tú, ní bheidh le déanamh agat ach an lampa a aimsiú, súil a choinneáil amach fá choinne an dá chnoc sin agus siúl tríd an choill go mbeidh tú ag mo theachsa. Ach cuimhnigh – caithfidh tú an mhuintir eile a thabhairt leat. B'fhéidir go mbeinn crosta leat dá dtiocfá i d'aonar.'

'Déanfaidh mé mo dhícheall,' arsa Edmund.

'Agus, dála an scéil,' arsa an Bhanríon, 'b'fhearr gan a insint dóibh fá dtaobh díomsa. Beidh níos mó spóirt againn má choinníonn muid an scéal seo ina rún idir mé féin agus tú féin. Smaoinigh ar an iontas a bheidh orthu. Níl le déanamh agat ach iad a thabhairt leat go dtí an dá chnoc – b'fhurasta do ghasúr chomh cliste leatsa leithscéal éigin a chumadh – agus nuair a thiocfaidh sibh chomh fada le mo theachsa, abair, 'Níl a fhios agam cé atá ina chónaí anseo,' nó rud éigin mar sin. Má chas do dheirfiúr ar dhuine de na Fánais, is dócha gur chuala sí scéalta aisteacha fúmsa – scéalta mioscaiseacha a chuirfeadh faitíos uirthi teacht ar cuairt chugam. Deir na Fánais a lán rudaí, tá a fhios agat, agus – '

'Le do thoil, le do thoil,' a dúirt Edmund go tobann, 'nach dtig liom píosa amháin den Mhilseán Thurcach a bheith agam le hithe ar an bhealach abhaile?'

'Ní thig, ní thig,' arsa an Bhanríon, agus í

ag gáire, 'caithfidh tú fanacht go dtí an chéad uair eile.' Agus, leis sin, thug sí comhartha don draoidín tiomáint ar aghaidh. De réir mar a bhí an carr sleamhnáin ag imeacht uaidh, bhí an Bhanríon ag croitheadh le hEdmund agus ag scairteadh, 'An chéad uair eile! An chéad uair eile! Ná déan dearmad! Tar chugam go luath.'

Bhí Edmund fós ag stánadh i ndiaidh an chairr sleamhnáin nuair a chuala sé duine ag scairteadh a ainm féin. D'amharc sé thart agus chonaic sé Lucy ag teacht chuige ó chúinne eile den choill.

'Ó, a Edmund!' a ghlaoigh sí. 'Rinne tusa do bhealach isteach fosta! Nach bhfuil sé go hiontach, agus anois – '

'Maith go leor,' arsa Edmund, 'chím go raibh an ceart agat agus gur prios draíochta atá ann le fírinne. Déarfaidh mé 'iarraim pardún' más maith leat. Ach cá raibh tú uaim ar feadh an ama? Bhí mé do do chuartú i ngach aon áit.'

'Dá mbeadh a fhios agam go raibh tú i ndiaidh teacht isteach, d'fhanfainn leat,' arsa Lucy, a bhí chomh sásta agus chomh tógtha sin nár thug sí faoi deara cé chomh giorraisc a bhí Edmund ná cé chomh dearg a bhí a ghnúis. 'D'ith mé lón le Máistir Tumnus, an Fánas. Tá sé i gceart agus ní dhearna an Bandraoi Bán rud ar bith air as ligean domsa imeacht. Síleann sé nach bhfuil a fhios aici faoi agus go mbeidh gach rud ceart go leor.'

'An Bandraoi Bán?' arsa Edmund; 'cé hí sin?'

'Drochdhuine amach is amach,' arsa Lucy. 'Tugann sí Banríon Nairnia uirthi féin cé nach bhfuil ceart ar bith aici a bheith ina Banríon. Na Fánais agus Nimfeacha na Coille agus Nimfeacha an Uisce agus na Draoidíní agus na hAinmhithe go léir – na dea-ainmhithe ar aon nós – tá fuath acu uirthi. Agus tig léi cloch a dhéanamh de dhuine agus gach cineál drochruda a dhéanamh. Is mar gheall ar a cuid asarlaíochta a bhíonn sé ina gheimhreadh i Nairnia an t-am ar fad. Bíonn sé ina gheimhreadh i gcónaí agus ní bhíonn an Nollaig ann choíche. Agus bíonn sí á tiomáint thart i gcarr sleamhnáin agus réinfhianna á tarraingt, slat draíochta ina lámh agus coróin ar a ceann.'

Bhí Edmund rud beag míshuaimhneach cheana féin, i ndiaidh dó barraíocht milseán a ithe. Nuair a chuala sé gur bandraoi contúirteach a bhí sa Bhean Uasal seo a raibh sé mór léi, d'éirigh sé níos míshuaimhní fós. Ach, mar sin féin, ba é an rud ba mhó a bhí de dhíth air ná an Milseán Turcach sin a bhlaiseadh arís.

'Cé a d'inis an scéal sin duit faoin Bhandraoi

Bhán?' a d'fhiafraigh sé.

'Máistir Tumnus, an Fánas,' arsa Lucy.

'Ní thig muinín a bheith agat as an méid a deir Fánas,' arsa Edmund, ag ligean air féin go raibh fios níos fearr aige ná mar a bhí ag Lucy.

'Cé a deir sin?' a d'fhiafraigh Lucy.

'Tá a fhios ag gach mac máthar é,' arsa Edmund. 'Fiafraigh de dhuine ar bith is mian leat. Ach cén mhaith dúinn inár seasamh anseo sa sneachta? Téimis abhaile.'

'Is ea, abhaile,' arsa Lucy. 'Ó, a Edmund, tá lúcháir orm gur tháinig tusa isteach fosta. Beidh ar an mhuintir eile scéal Nairnia a chreidiúint anois, i ndiaidh don bheirt againn a bheith ann. Beidh spórt ar dóigh againn!'

Ach, cé nár dúirt sé é, níor mheas Edmund go mbeadh spórt ar bith aigesean. Bheadh aige le hadmháil go raibh an ceart ag Lucy, agus sin a dhéanamh os comhair na muintire eile, agus bhí barúil mhaith aige go mbeadh siadsan ar thaobh na bhFánas agus na n-ainmhithe; fad is a bhí seisean ag taobhú leis an Bhanríon. Ní raibh a fhios aige cad é a déarfadh sé nó cad é mar a choinneodh sé a scéal faoi rún nuair a bheadh an mhuintir eile ag caint faoi Nairnia.

Bhí píosa maith siúlta acu faoin am seo. Ní fada gur mhothaigh siad cótaí ar gach taobh díobh san áit a raibh craobhacha díreach roimhe sin. Agus, leis sin, b'in an bheirt acu ina seasamh taobh amuigh den phrios sa seomra spáráilte.

'A Edmund,' arsa Lucy, 'tá droch-chuma amach is amach ort. An é nach bhfuil tú go maith?'

'Tá mé i gceart,' arsa Edmund, ach ní raibh sin fíor. Mhothaigh sé iontach tinn.

'Goitse, mar sin,' arsa Lucy, 'go bhfeicimis an mhuintir eile. Ní bheidh deireadh lenár gcuid eachtraí anois agus muid uilig le chéile.'

Ar an Taobh Abhus den Doras

Ghlac sé tamall ar Edmund agus Lucy teacht ar an mhuintir eile, mar bhí an cluiche folacháin ar siúl i gcónaí. Tháinig siad le chéile faoi dheireadh sa seomra fada a raibh an chulaith chomhraic ann, agus scairt Lucy amach:

'A Peter! A Susan! Bhí gach rud fíor. Chonaic Edmund é fosta. Tá tír ann gan bréag ar bith agus is tríd an phrios éadaigh a théann tú isteach ann. Chuaigh mé féin ann, agus Edmund fosta. Casadh ar a chéile muid istigh sa choill. Abair leat, a Edmund; inis dóibh fá dtaobh de.'

'Cad é is ciall dó seo, a Ed?' arsa Peter.

Ansin a tharla ceann de na rudaí is gránna sa scéal seo. Bhí Edmund tinn agus rud beag cantalach. Bhí sé míshásta toisc go raibh an ceart ag Lucy an t-am ar fad, ach ní raibh sé cinnte go dtí an nóiméad sin cad é a déarfadh sé. Nuair a chuir Peter an cheist air, dar leis go ndéanfadh sé an rud ba shuaraí agus ba mhioscaisí dá dtiocfadh leis – Lucy a ligean síos.

'Abair leat, a Ed,' arsa Susan.

Chuir Edmund cuma an-dímheasúil air féin, amhail is go raibh seisean i bhfad níos sine ná Lucy (bíodh is nach raibh ach bliain eatarthu). Lig sé gáire bheag shearbh agus dúirt, 'Ó, is ea. Bhí mise agus Lucy ag súgradh, ag ligean orainn féin gur scéal fíor an scéal sin faoin phrios éadaigh. Ní raibh ann ach greann. Níl a dhath ann le fírinne.'

Lucy bhocht, thug sí amharc amháin ar Edmund agus d'imigh ina rith amach as an seomra.

Ba é a shíl Edmund, a bhí ag éirí níos suaraí agus níos suaraí de réir a chéile, go raibh ag éirí go maith leis. Dúirt sé, 'Sin í ar obair arís. Cad é atá cearr léi? Sin mar a bhíonn na páistí beaga i gcónaí ...'

'Éist!' arsa Peter agus é ag tabhairt aghaidh a chraois air. 'Éist do bhéal! Bhí tú gránna le Lucy ó thosaigh sí ar an amaidí seo faoin phrios éadaigh agus seo arís thú ag imirt cluichí léi agus ag coinneáil an ruda ag imeacht. Is le mioscais a rinne tú é, creidim.'

'Ach níl ann ach amaidí,' arsa Edmund, agus é go mór trína chéile.

'Nach cinnte gur amaidí atá ann,' arsa Peter, 'sin é go díreach an fáth a bhfuil mé buartha.

Bhí Lucy ceart go leor nuair a d'fhág muid an
baile ach, ó tháinig muid chun na háite seo,
chítear dom go bhfuil mearadh beag ag teacht
uirthi, sin nó go bhfuil sí ina bréagadóir breá.
Ach nach cuma faoi sin – cén mhaith a shíleann
tú a dhéanfaidh sé a bheith ag magadh uirthi lá
amháin agus ag tabhairt uchtach di lá eile?'

'Shíl mé – shíl mé –' arsa Edmund, ach níor
tháinig na focail leis.

'Shíl agus tusa!' arsa Peter. 'Níl ann ach
mioscais. Bhain tú pléisiúr riamh as a bheith
gránna le daoine nach bhfuil chomh mór leat
féin; nach bhfaca muid sin sa scoil cheana féin?'

'Stadaigí,' arsa Susan; 'ní bheidh rudaí a
dhath amháin níos fearr de bharr sibhse a bheith
ag troid. Siúlaigí, go bhfaighe muid Lucy.'

Ghlac sé tamall fada orthu teacht ar Lucy
agus, nuair a tháinig, b'fhurasta a aithint go
raibh sí i ndiaidh a bheith ag caoineadh – rud
nach ionadh. Ní raibh gar seo ná siúd a rá léi.
Chloígh sí lena scéal féin agus dúirt:

'Is cuma liom cad é a chreideann sibhse,
agus is cuma liom cad é a deir sibh. Insígí don
Ollamh é, más maith libh, nó scríobhaigí litir
chuig Mamaí nó cibé cad é atá sibh ag iarraidh
a dhéanamh. Is maith atá a fhios agam gur
casadh Fánas orm ann agus – mór an trua nár

fhan mé ann agus is beag orm sibh, is beag orm sibh uilig go léir.'

Tráthnóna gruama go leor a bhí ann. Bhí Lucy tromchroíoch agus dar le Edmund nár éirigh go rómhaith lena chuid pleananna. Bhí an bheirt ba shine ag éirí buartha go raibh Lucy as a meabhair le fírinne. Tamall maith i ndiaidh di dul a luí, bhí siad ina seasamh sa phasáiste ag cogarnach fá dtaobh di.

Ba é an deireadh a bhí air, an mhaidin dár gcionn, gur shocraigh siad an scéal ar fad a chur i láthair an Ollaimh. 'Cuirfidh seisean scéal chuig Daide má shíleann sé go bhfuil rud éigin cearr le Lucy dáiríre,' arsa Peter. Mar sin de, bhuail siad cnag ar dhoras an tseomra staidéir agus dúirt an tOllamh, 'Gabhaigí isteach.' D'éirigh sé agus fuair sé cathaoireacha dóibh agus d'inis dóibh go ndéanfadh sé a dhícheall cuidiú leo. Shuigh sé ag éisteacht leo agus barr a chuid méar buailte ar a chéile aige. Níor bhris sé a gcuid cainte oiread agus uair amháin go raibh an scéal uilig inste acu. Réitigh sé a sceadamán ansin agus dúirt sé rud – an rud ba lú a raibh súil acu leis.

'Agus cá bhfios daoibh,' a d'fhiafraigh sé, 'nach bhfuil do dheirfiúr ag insint na fírinne?'

'Ó, ach –' a thosaigh Susan, ach ní dheachaigh sí

níos faide leis. B'fhurasta a aithint ar aghaidh
an tseanduine go raibh sé lom dáiríre. Ansin,
fuair Susan greim ar a stuaim agus dúirt, 'Ach
deir Edmund nach raibh ann ach cluichí agus
cur i gcéill.'

'Is fíor duit,' arsa an tOllamh. 'Is fiú
dúinn ár machnamh a dhéanamh faoi sin.
Dianmhachnamh. Cuir i gcás – agus tá súil agam
nach miste dom a leithéid de cheist a chur – ón
aithne atá agaibh ar an bheirt acu, cé acu is mó
a gcuirfeadh sibh muinín ann, bhur ndeartháir
nó bhur ndeirfiúr? Is é atá i gceist agam, cé acu

is ionraice?'

'Sin é an rud is iontaí ar fad, a dhuine uasail,' arsa Peter. 'Riamh go dtí seo ní bheadh moill orm a rá gurb í Lucy is ionraice.'

'Agus cad é a shíleann tusa, a bhean óg?' arsa an tOllamh agus é ag amharc ar Susan.

'Bhuel,' arsa Susan, 'aontaím le Peter, tríd is tríd, ach ní fhéadfadh an scéal seo a bheith fíor – an chaint seo uilig faoin choill agus an Fánas.'

'Níl a fhios agam,' arsa an tOllamh, 'ach is rud iontach tromchúiseach bréag a chur i leith duine a bhí ionraic riamh – rud fíor-thromchúiseach.'

'Ba é an eagla a bhí orainn nach ag insint bréag a bhí sí,' arsa Susan, 'shíl muid gur féidir go bhfuil cearr ar Lucy.'

'Í a bheith ina gealt, atá tú a rá?' arsa an tOllamh go fuarchúiseach. 'Ó, ní gá daoibh a bheith buartha faoi sin. Níl le déanamh ach amharc uirthi agus labhairt léi le go mbeidh a fhios agat nach gealt ar bith atá inti.'

'Ach, má,' arsa Susan ach níor dhúirt sí níos mó ná sin. Is beag a shíl sí go ndéarfadh duine fásta na rudaí a dúirt an tOllamh. Ní raibh sí in ann ciall ar bith a bhaint as.

'Loighic!' arsa an tOllamh, amhail gur ag caint leis féin a bhí sé. 'Cad chuige nach bhfuil loighic á teagasc sna scoileanna? Níl ach trí rud ann a d'fhéadfadh a bheith fíor sa chás seo. Tá bhur ndeirfiúr ag insint bréag, tá sí ina gealt nó tá sí ag insint na fírinne. Tá a fhios agaibh nach n-insíonn sí bréaga agus is léir nach gealt atá inti. Faoi mar atá rudaí anois, nuair nach bhfuil fianaise ar bith ann a thabharfadh a mhalairt le fios, caithfidh muid glacadh leis gur ag insint na fírinne atá sí.'

Bhí súile Susan sáite san Ollamh. Ba léir di, ón dreach a bhí ar a aghaidh, nach ag déanamh grinn a bhí sé.

'Ach, a dhuine uasail, cad é mar a thiocfadh a leithéid a bheith fíor?' arsa Peter.

'Cad chuige a ndeir tú sin?' a d'fhiafraigh an tOllamh.

'Bhuel, i dtús báire,' arsa Peter, más ann don tír seo cad chuige nach dtig linn dul ann gach uair a théann muid isteach sa phrios? Ní raibh a dhath ann an t-am deireanach a d'amharc muidne isteach; fiú amháin Lucy, d'admhaigh sí nach raibh.'

'Agus cén bhaint atá aige sin leis an scéal?' arsa an tOllamh.

'Bhuel, a dhuine uasail, má tá rudaí ann, caithfidh siad a bheith ann an t-am ar fad.'

'An gcaithfidh, muise?' arsa an tOllamh agus

níor fágadh focal ag Peter.

'Agus tá cúrsaí ama i gceist fosta,' arsa Susan. 'Ní raibh a sáith ama ag Lucy dul áit ar bith, fiú dá mbeadh a leithéid d'áit ann. Ar éigean a d'fhág muid an seomra go dtí gur tháinig sí ag rith inár ndiaidh. Ní raibh bomaite féin ann, agus ise ag rá go raibh sí ar shiúl ar feadh uaireanta fada.'

'Sin é go díreach an rud a chuireann craiceann na fírinne ar an scéal,' arsa an tOllamh. 'Más fíor go bhfuil doras sa teach seo isteach i ndomhan eile (agus ba cheart dom a rá libh gur teach an-aisteach é seo agus níl ach breaceolas agam féin air) – ach más fíor go ndeachaigh sí isteach i ndomhan eile, ní chuirfeadh sé iontas orm dá mbeadh córas ama eile sa domhan sin; sa dóigh is nach rachadh am ar bith thart sa domhan seo, is cuma cé chomh fada is a bheifeá ar shiúl. Agus ní chreidim go bhfuil mórán cailíní d'aois Lucy ann a dtiocfadh leo a leithéid de rud a chumadh. Dá mba rud é gur ag ligean uirthi féin a bhí sí, is amhlaidh a d'fhanfadh sí tamall maith sula dtiocfadh sí i láthair arís agus a scéal a insint.'

'Agus an bhfuil tú ag rá linn, a dhuine uasail,' arsa Peter, 'go bhféadfadh domhain eile a bheith ann – i ngach uile áit, timpeall an chúinne – díreach mar sin?'

'Níl aon ní is dóiche ná é,' arsa an tOllamh, agus bhain de a chuid spéaclaí. Bhí sé ag monabar leis féin agus é ag glanadh na spéaclaí: 'Cad cineál teagaisc a dhéantar sna scoileanna ar chor ar bith?'

'Ach cad é ba cheart dúinn a dhéanamh?' arsa Susan. Dar léi go raibh siad i bhfad ó bhealach a scéil.

'A bhean óg is a stór,' arsa an tOllamh agus é ag féachaint go géar ar an bheirt acu, 'tá plean ann nach bhfuil luaite go fóill agus arbh fhiú go mór triail a bhaint as.'

'Cad é atá ann?' arsa Susan.

'Gach duine aire a thabhairt dá ghnó féin,' a dúirt sé. Agus b'in deireadh leis an chomhrá sin.

As sin amach, bhí rudaí níos fearr do Lucy. Rinne Peter cinnte de nach mbeadh Edmund ag magadh uirthi níos mó agus ní raibh fonn uirthi féin ná ar aon duine eile labhairt faoin phrios éadaigh ar chor ar bith. Ábhar cainte a bhí ann a dhéanadh míshuaimhneach iad. Mar sin de, bhí an chuma air ar feadh tamaill go raibh deireadh lena gcuid eachtraí; ach ní mar a shíltear a bhítear.

An teach seo a bhí ag an Ollamh – teach

nach raibh eolas rómhaith aige féin air – bhí sé chomh sean agus chomh cáiliúil sin go dtagadh daoine as gach cearn de Shasana a iarraidh cead siúl thart ann. Teach a bhí ann a bhí luaite i leabhair eolais do thurasóirí agus i leabhair staire, fiú amháin. Níorbh iontas ar bith é sin, mar bhí a oiread sin scéalta ann mar gheall ar an teach, cuid acu atá níos iontaí ná an scéal atá mise a insint daoibh anois. Agus, am ar bith a thagadh cuairteoirí a iarraidh cead siúl tríd an teach, ligeadh an tOllamh dóibh i gcónaí. D'fhágtaí faoi Bhean Mhic Riadaigh na cuairteoirí a threorú thart, ag cur síos dóibh ar na pictiúirí agus na cultacha comhraic agus na leabhair nach raibh ach cóip nó dhó díobh le fáil áit ar bith eile ar domhan.

Ní raibh Bean Mhic Riadaigh iontach ceanúil ar pháistí agus ba bheag uirthi daoine a bheith ag cur isteach uirthi agus í ag roinnt a cuid eolais leis na cuairteoirí. Ba é a dúirt sí le Susan agus Peter an chéad lá riamh, 'Agus cuimhnígí – fanaigí amach uaim le linn dom a bheith ag treorú daoine thart ar an teach.' Is ea, thug sí an méid sin le fios dóibh, agus a lán orduithe eile.

'Ionann agus a rá go mbeadh duine ar bith againne ag iarraidh an mhaidin a chur amú ag sodar i ndiaidh scata seandaoine nach bhfuil aithne againn orthu!' arsa Edmund. Bhí an triúr eile ar aon aigne leis agus b'in mar a thosaigh a gcuid eachtraí go húrnua.

Ar maidin a tharla sé. Bhí Peter agus Edmund ag amharc ar an chulaith chomhraic agus ag cur is ag cúiteamh faoi í a bhaint as a chéile nuair a rith an bheirt chailíní isteach sa seomra agus iad ag scairteadh: 'Amach as seo. Tá Bean Mhic Riadaigh ar a bealach agus scata daoine léi.'

'Amach as seo go beo,' a dúirt Peter agus rith an ceathrar acu amach ar an doras ag ceann an tseomra. Isteach leo sa Seomra Glas agus isteach sa Leabharlann ina dhiaidh sin. Ach b'in an uair a chuala siad daoine ag caint sa chéad seomra eile. Thuig siad ansin go raibh Bean Mhic Riadaigh i ndiaidh na cuairteoirí a thabhairt léi suas an cúlstaighre agus ní ar an staighre tosaigh mar ba ghnách léi. Is deacair an méid a tharla ina dhiaidh sin a mhíniú – cé acu a chaill siad a stuaim nó a bhí Bean Mhic Riadaigh sa tóir orthu nó a bhí draíocht éigin ar obair sa teach a bhí á dtiomáint ar ais go Nairnia – ach dar leo go raibh daoine sna sála acu gach áit a ndeachaigh siad, go dtí gur dhúirt Susan, 'Ó, spleoid ar na cuairteoirí sin! Éistigí, b'fhearr dúinn fanacht sa seomra a bhfuil an Prios Éadaigh ann go dtí go mbeidh siad imithe. Ní leanfaidh aon duine isteach ansin muid.' Ach níor luaithe istigh ansin iad gur chuala siad glórtha sa phasáiste agus duine ag útamáil le murlán an dorais. An chéad rud eile ná go bhfaca siad an murlán á chasadh.

'Brostaigí!' arsa Peter, 'níl áit ar bith eile le dul,' agus d'oscail sé doras an phriosa éadaigh. Isteach leis an cheathrar acu gur shuigh siad tamall sa dorchadas agus a n-anáil i mbéal a ngoib acu. Choinnigh Peter greim ar chúl an dorais ach níor dhruid sé ar fad é mar bhí a fhios aige, dar ndóigh, mar atá a fhios ag gach duine siosmaideach, nár cheart d'aon duine, riamh ná choíche, é féin a dhruidim istigh i bprios éadaigh.

Isteach san Fhoraois

'Arú, imigh leat a Bhean Mhic Riadaigh, tú féin agus an dream atá leat,' arsa Susan, 'Is mé atá crampáilte craptha istigh anseo.'

'Tá boladh millteanach camfair ann!' arsa Edmund.

'Déarfainn go bhfuil pócaí na gcótaí lán de,' arsa Susan, 'mar chosaint ar leamhain.'

'Tá rud éigin ag brú isteach i mo dhroim,' arsa Peter.

'Agus an mise amháin atá fuar?' arsa Susan.

'Is fíor duit, tá sé fuar,' arsa Peter, 'agus m'anam ón diabhal mura bhfuil sé fliuch fosta. Is áit iontach í seo gan bréag ar bith. Seo mise i mo shuí ar bhall fliuch agus é ag éirí níos fliche ar feadh an ama.' D'éirigh sé suas ina sheasamh.

'Tig linn imeacht anois,' arsa Edmund, 'tá na cuairteoirí ar shiúl.'

'Ó, ó, ó!' a scairt Susan, agus d'fhiafraigh gach duine di cad é a bhí uirthi.

'I mo shuí ag bun crainn atá mé,' arsa Susan,

'agus féach! Tá sé ag éirí geal – thall ansin.'

'A thiarcais, is fíor duit,' arsa Peter, 'agus féach, crann anseo agus crann ansiúd. Agus sneachta. M'anam mura bhfuil muid sa choill úd a raibh Lucy ag caint uirthi.'

Ba dheacair sin a shéanadh agus an ceathrar acu dallta ag solas lá geal geimhridh. Cótaí ar crochadh taobh thiar díobh, crainn faoi ualach sneachta os a gcomhair amach.

Thiontaigh Peter thart agus d'amharc ar Lucy.

'Tá mé buartha nár chreid mé thú,' a dúirt sé, 'Gabhaim pardún. An gcroithfidh tú lámh liom?'

'Croithfidh cinnte,' arsa Lucy, agus rinne sí é sin.

'Anois,' arsa Susan, 'cad é a dhéanfaidh muid anois?'

'Cad é a dhéanfadh muid ach dul a chuartú sa choill?' arsa Peter.

'Och!' arsa Susan, agus bhuail sí cos ar an talamh, 'tá sé millteanach fuar. Cad chuige nach gcuirfidh muid na cótaí seo orainn?'

'Ní linne iad,' arsa Peter agus amhras air.

'Tá mé cinnte nach miste dúinn é,' arsa Susan; 'ní hé go bhfuil muid á dtabhairt linn as an teach; ná as an phrios éadaigh, fiú amháin.'

71

'Níor smaoinigh mé air sin, a Su,' arsa Peter. 'Dar ndóigh, má deir tú mar sin é, caithfidh mé tabhairt isteach duit. Ní thiocfadh le duine ar bith a rá gur ghoid muid na cótaí nuair nár thóg muid amach iad as an phrios ina raibh siad. Agus is dócha go bhfuil an tír seo uilig taobh istigh den phrios éadaigh, mar a déarfá.'

Rinne siad comhairle Susan, mar sin, nó comhairle chiallmhar a bhí ann, bíodh is go raibh na cótaí rómhór dóibh. Shiúil siad leo agus na cótaí síos go béal na mbróg orthu. Ba mhó ba chosúil iad le róbaí rí ná le cótaí ach choinnigh siad te teolaí iad. Dar leo gur chóiriú feiceálach fóirsteanach a bhí ann don áit inar tharla siad.

'Thiocfadh linn spórt a bheith againn,' arsa Lucy, 'ag ligean orainn féin gur ag taisteal san Artach atá muid.'

'Beidh ár sáith eachtraí againn gan a dhath a ligean orainn féin,' arsa Peter, agus é ag siúl chun tosaigh ar an triúr eile isteach san fhoraois. Bhí scamaill throma dhubha os a gcionn agus gach cuma air go gcuirfeadh sé tuilleadh sneachta roimh thitim na hoíche.

'Seo,' arsa Edmund ar ball, 'nár cheart dúinn casadh ar thaobh na láimhe clé, má tá muid ag iarraidh an Lampa Sráide a bhaint amach?' Go dtí sin, thug sé le fios nach raibh sé sa choill riamh roimhe. Níor luaithe a lig sé na focail amach as a bhéal gur thuig sé go raibh sé i ndiaidh a rún a sceitheadh. Sheas gach duine den triúr eile, ag stánadh air. Lig Peter fead le neart alltachta.

'Mar sin de, bhí tú anseo,' a dúirt sé, 'an t-am sin a dúirt Lucy gur casadh sibh ar a chéile anseo agus thug tusa le fios gur ag insint bréag a bhí sí.'

Bhí tost na reilige ann. 'A leithéid de chladhaire beag nimhneach –' arsa Peter. Bhain sé croitheadh as a ghuaillí agus níor dhúirt a dhath eile. Go deimhin, ní raibh a dhath le rá ag aon duine. Chuaigh an ceathrar i gceann an aistir arís agus ba é a dúirt Edmund leis féin, 'Díolfaidh sibh go daor as seo, a phaca smugachán sásta.'

'Cá bhfuil ár dtriall ar scor ar bith?' arsa Susan, ag iarraidh ábhar cainte eile a tharraingt uirthi féin.

'Sílim gur cheart do Lu a bheith ina ceannródaí orainn,' arsa Peter. 'Tá a fhios ag Dia gurb é a ceart é. Cá bhfuil tú ag iarraidh dul, a Lu?'

'Cad chuige nach dtabharfadh muid cuairt ar Mháistir Tumnus?' arsa Lucy. 'Sin é an Fánas deas a luaigh mé libh.'

Mhol gach duine leis sin agus d'imigh siad leo, siúl géar fúthu agus iad ag bualadh cos ar an talamh is ag déanamh faitidh. Ceannródaí maith a bhí in Lucy. Ní raibh sí cinnte i dtosach go raibh fios an bhealaigh aici ach d'aithin sí crann éagruthach ina leithéid seo d'áit agus bun crainn san áit seo eile. Ba mar sin a thug sí isteach iad i ngleanntán beag suas go dtí doras na pluaise a raibh Máistir Tumnus ina chónaí inti. Ach má thug féin ba scanrúil an radharc a bhí rompu.

Bhí an doras réabtha de na hinsí agus é briste ina smidiríní. Bhí an phluais féin dorcha, fuar agus bhí boladh tais ann mar a bhíonn in áit thréigthe. Bhí cairn sneachta síobtha ar fud an urláir, agus paistí dubha anseo is ansiúd tríd an sneachta áit a raibh luaithreach agus maidí dóite ón tine measctha tríd. Bhí an chuma

air gur caitheadh a raibh sa tine timpeall an tseomra. Bhí na soithí cré caite le talamh fosta agus iad ina smionagar. An pictiúr úd d'athair an Fhánais, bhí sé stróicthe ina ghiotaí le scian.

'A leithéid de chur amú ama,' arsa Edmund, 'i ndiaidh dúinn siúl chomh fada sin.'

'Cad é seo?' arsa Peter agus chrom sé síos. Chonaic sé píosa páipéir a bhí sáite isteach sa bhrat urláir le tairne.

'An bhfuil a dhath scríofa air?' a d'fhiafraigh Susan.

'Sílim go bhfuil,' a d'fhreagair Peter, 'ach ní thig liom é a léamh agus an solas chomh lag sin. Téimis amach faoin aer.'

Chuaigh siad amach agus chruinnigh thart ar Peter gur léigh sé amach an fógra:

Gabhadh an té a bhí ina chónaí san áitreabh seo, is é sin Tumnus, Fánas. Cuirfear ar a thriail é agus é cúisithe in Ardtréas in aghaidh a Mórgachta Impiriúla, Jadis, Banríon Nairnia, Bantiarna Chathair Paraivéil, Banimpire na nOileán Aonair, srl. agus gur thug sé cuidiú do naimhde na Mórgachta réamhráite, agus gur thug sé tearmann do spiairí agus go raibh caidreamh aige le daoine daonna.

Arna shíniú ag MÓGRAIM, Captaen an Phéas Rúnda
GO MAIRE ÁR mBANRÍON SLÁN!

D'amharc na páistí ar a chéile.

'Idir rud amháin agus rud eile, níl mé cinnte go bhfuil dúil agam san áit seo,' arsa Susan.

'Cé hí an Bhanríon seo, a Lu?' arsa Peter. 'An bhfuil a fhios agat rud ar bith fá dtaobh di?'

'Ní banríon cheart atá inti ar chor ar bith,' a d'fhreagair Lucy, 'is bandraoi gránna í, an Bandraoi Bán. Tá fuath ag gach uile dhuine uirthi – gach duine de mhuintir na coille. Chuir sí an tír uilig faoi gheasa sa dóigh is go mbíonn sé ina gheimhreadh síoraí anseo gan an Nollaig a theacht choíche.'

'Níl a fhios agam... níl a fhios agam ar cheart dúinn dul ar aghaidh leis seo,' arsa Susan. 'Níl an chuma air go mbeidh muid sábháilte anseo, gan trácht ar spórt a bheith againn. Agus tá sé ag éirí níos fuaire ar feadh an ama agus níl greim le hithe againn. Nárbh fhearr dúinn dul abhaile?'

'Ach ní thig linn, ní thig linn,' a scairt Lucy; 'ná nach bhfeiceann sibh? Ní thig linn dul abhaile anois. Is mar gheall ormsa atá an Fánas bocht i dtrioblóid. Níor thug sé suas don Bhandraoi mé agus thaispeáin sé an bealach abhaile dom. Sin é an rud atá i gceist le cuidiú a thabhairt do naimhde na Banríona agus caidreamh le daoine daonna. Caithfidh muid iarracht a dhéanamh é a scaoileadh saor.'

'Is ea, déanfaidh muidne gaisce ceart go leor!' arsa Edmund, 'agus gan greim le hithe féin againn.'

'Druid do bhéal tusa!' arsa Peter, a bhí fós ar buile le Edmund. 'Cad é a shíleann tusa, a Susan?'

'Tá eagla orm go bhfuil an ceart ag Lu,' arsa Susan. 'Níl mise ag iarraidh dul a dhath amháin níos faide agus dá dtiocfadh liom lámha an chloig a chur siar is cinnte nach dtiocfainn chun na háite seo riamh. Ach sílim go bhfuil dualgas orainn rud éigin a dhéanamh ar son Mháistir cibé seo an t-ainm atá air – an Fánas seo, atá mé a rá.'

'Tá mé ar aon aigne leat faoi sin,' arsa Peter. 'Mór an trua nár thug muid bia linn. Mholfainn dul ar ais agus bia a thabhairt linn ón chistin ach ní fhéadfainn a bheith cinnte go mbeadh bealach ar ais againn isteach sa tír seo. Níl an dara rogha ann ach coinneáil orainn.'

'Sílim féin an rud céanna,' a dúirt an bheirt chailíní as béal a chéile.

'Dá mbíodh a fhios againn cén áit a bhfuil an príosún a bhfuil sé á choinneáil ann!' arsa Peter.

Bhí siad uilig ag smaoineamh ar an rud ba cheart dóibh a dhéanamh nuair a dúirt Lucy,

'Féachaigí! Spideog atá ann, agus féachaigí
chomh dearg lena bhrollach beag. Sin an chéad
éan a chonaic mé san áit seo. Cogar! Níl a fhios
agam an bhfuil caint ag cuid éanacha Nairnia?
Shílfeá gur ag iarraidh rud éigin a insint dúinn
atá sí.' Thug sí aghaidh ar an spideog ansin agus
dúirt, 'An dtig leat a insint dúinn, le do thoil,
cá háit a bhfuil Máistir Tumnus, an Fánas?'
Agus an méid sin á rá aici, thug sí céim amháin
i dtreo an éin. D'éirigh an t-éan in airde ansin,
ach ní dheachaigh sí níos faide ná an chéad
chrann eile. D'fhan sí ansin agus d'amharc
orthu amhail is gur thuig sí gach focal a dúirt
siad. Beagnach i ngan fhios dóibh féin, thug
gach duine de na páistí céim eile ina treo. Ní
dhearna an spideog ach eitilt léi arís go
dtí an chéad chrann eile,   áit ar
fhan sí ag féachaint go
staidéarach orthu. (Ní
fhacthas spideog riamh
ba dheirge brollach nó
ba ghlinne súil.)

'An bhfuil a fhios
agaibh seo,' arsa
Lucy, 'creidim go
bhfuil sí ag iarraidh
orainn í a leanstan.'

'Gabhaim orm go bhfuil an ceart agat,' arsa Susan. 'Cad é do bharúil, a Peter?'

'Bhuel, tá sé chomh maith againn triail a bhaint as,' a d'fhreagair Peter.

Bhí fios a gnó ag an spideog, de réir cosúlachta. Lean sí uirthi ó chrann go crann, í i gcónaí cúpla slat ar shiúl uathu ach gar go leor le go dtiocfadh leo í a leanstan gan dua. Threoraigh sí mar sin iad síos taobh an chnoic. Gach uair a thuirlingeodh an spideog ar chraobh, thiteadh cith beag sneachta go talamh. I gceann tamaill, scaip na néalta agus nocht grian an gheimhridh. Tháinig gile dhalltach ar an sneachta. Mar sin dóibh ag siúl ar feadh leathuair an chloig, an bheirt chailíní chun tosaigh. Dúirt Edmund le Peter, 'Mura ngoilleann sé go rómhór ort labhairt le mo leithéidse, tá rud agam le hinsint duit nár mhiste duit cluas a thabhairt dó.'

'Cad é?' a d'fhiafraigh Peter.

'Labhair go híseal,' arsa Edmund; 'níl muid ag iarraidh na cailíní a scanradh. Ach ar smaoinigh tú cad é go díreach atá muid a dhéanamh?'

'Cad é atá i gceist agat?' arsa Peter i gcogar.

'Seo muid ag leanstan treoraí nach bhfuil eolas dá laghad againn uirthi. Níl a fhios againne cén taobh a bhfuil an t-éan úd air. Cá bhfios dúinn nach bhfuil sí dár dtreorú áit éigin a bhfuil contúirt ann?'

'Nach gránna an smaoineamh agat é. Mar sin féin – spideog. Éanacha dea-chroíocha iad, de réir na scéalta ar fad atá léite agamsa. Tá mé cinnte nach mbeadh spideog ar thaobh an oilc.'

'Ach cé acu taobh an taobh ceart? Cá bhfios duitse go bhfuil na Fánais ar thaobh na córa agus go bhfuil an Bhanríon ar thaobh na héagóra? Is ea, bandraoi atá inti, de réir mar a insíodh dúinne. Ach níl eolas mar is ceart againn faoi cheachtar den dá dhream.'

'Rinne an Fánas Lucy a shábháil.'

'Thug sé le fios di gur shábháil, ach cá bhfuil mar a bheadh a fhios againne? Rud eile de: an bhfuil barúil dá laghad ag aon duine againn cad é mar a bhainfidh muid an baile amach ón áit seo?'

'Dar fia!' arsa Peter. 'Níor smaoinigh mé air sin.'

'Ná níl iomrá ar bith ar dhinnéar ach oiread,' arsa Edmund.

Lá i gCuideachta na mBéabhar

Le linn don bheirt ghasúr a bheith ag cogarnach eatarthu féin, stop an bheirt chailíní go tobann agus scairt, 'Ó!'

'An spideog!' a scairt Lucy. 'D'imigh an spideog as radharc orainn.' Agus b'fhíor di – ní raibh sí le feiceáil in áit ar bith.

'Cad é a dhéanfaidh muid anois?' arsa Edmund agus d'amharc sé ar Peter ionann agus a rá 'Nár inis mé duit?'

'Fuist! Féachaigí!' arsa Susan.

'Cad é?' arsa Peter.

'Tá rud éigin ag bogadach i measc na gcrann thall, ar thaobh na láimhe clé.'

D'amharc siad agus d'amharc siad. Ní raibh duine ar bith acu ar a shuaimhneas.

'Siúd arís é,' arsa Susan.

'Chonaic mise é an t-am seo,' arsa Peter. 'Tá sé ann i gcónaí, taobh thiar den chrann mhór sin.'

'Cad é atá ann?' a d'fhiafraigh Lucy, agus í ag iarraidh labhairt gan crith ina guth.

'Cibé rud atá ann,' arsa Peter, 'tá sé ag coinneáil amach uainn. Níl sé ag iarraidh go bhfeicfeadh duine ar bith é.'

'Téimis abhaile,' arsa Susan. Ansin, cé nár dúradh os ard é, ba léir do gach duine acu an méid a dúirt Edmund le Peter le linn a gcomhrá rúnda: ní raibh fios an bhealaigh abhaile acu.

'An rud seo, cad é leis a bhfuil sé cosúil?' arsa Lucy.

'Sórt – sórt ainmhí atá ann,' arsa Susan. 'Féachaigí! Siúd ansin é!'

Chonaic gach duine acu é an t-am seo: aghaidh fhéasógach fhionnaitheach ag féachaint amach orthu ó scáth an chrainn. Ach ní dheachaigh sé i bhfolach an t-am seo – ní go ceann tamaill ar scor ar bith. Cad é a rinne sé ach a lapa a chur

lena bhéal díreach mar a chuirfeadh duine méar
lena bheola mar chomhartha do dhaoine eile a
bheith ina dtost. An méid sin déanta, chuaigh
sé i bhfolach arís. Sheas na páistí ansin agus iad
an-socair, gach duine acu ag coinneáil a anála
istigh.

Bomaite ina dhiaidh sin tháinig an strainséir
amach ó chúl an chrainn arís, d'amharc ar
gach taobh de amhail is go raibh faitíos air go
rabhthas á choimhéad. 'Éist,' a dúirt sé agus
sméid anall orthu go dtí an áit a raibh sé ina
sheasamh i bpáirt an-dlúth den choill. D'imigh
sé as radharc ansin.

'Tá a fhios agam anois cén cineál ainmhí é,'
arsa Peter; 'is béabhar atá ann.
Chonaic mé an ruball.'

'Tá sé ag iarraidh
orainn é a leanstan,'
arsa Susan, 'agus ag
comharthú dúinn gan
trup a dhéanamh.'

'Tá a fhios agam,'
arsa Peter, 'ach ar cheart
dúinn imeacht leis nó
fanacht anseo? Cad é a
shíleann tusa, a Lu?'

'Sílim gur béabhar

83

deas atá ann,' arsa Lucy.

'Is ea, ach an féidir linn a bheith cinnte de sin?' arsa Edmund.

'Caithfidh muid dul sa seans,' arsa Susan. 'Níl maith ar bith dúinn bheith inár seasamh anseo. Agus ní dhiúltóinn do bhéile ach oiread.'

Díreach ar an bhomaite sin, chuir an Béabhar a cheann amach ó chúl an chrainn agus thug comhartha dóibh é a leanstan.

'Goitse,' arsa Peter, 'rachaidh muid sa seans. Coinnígí le chéile. Ba chóir go mbeadh muid in ann an fód a sheasamh i gcoinne béabhair amháin, fiú más namhaid dúinn é.'

Mar sin de, chruinnigh na páistí le chéile, shiúil siad chun tosaigh agus, cinnte le Dia, fuair siad an béabhar ag fanacht leo ar chúl an chrainn. Tharraing sé siar píosa eile agus dúirt leo i gcogar piachánach, 'Druidigí isteach. Isteach i measc na gcrann. Níl sé sábháilte amuigh ansin!' Níor labhair sé leo go dtí go raibh siad istigh in áit dhorcha mar a raibh ceithre chrann ag fás chomh gar sin dá chéile go raibh a gcuid géag go léir in achrann. Bhí foscadh chomh maith sin ann nach raibh sneachta ar bith le feiceáil ar an talamh ach ithir dhonn agus spíonlach giúise.

'An sibhse Clann Ádhaimh agus Éabha?' a

dúirt sé.

'Bhuel, ceathrar acu,' arsa Peter.

'S-s-s-s!' arsa an Béabhar, 'labhair go híseal, le do thoil. Fiú anseo, níl muid sábháilte.'

'Cad chuige? Cé a chuireann a oiread sin eagla ort?' arsa Peter. 'Níl aon duine anseo ach muid féin.'

'Tá na crainn ann,' arsa an Béabhar. 'Bíonn siadsan ag éisteacht i gcónaí. An chuid is mó acu, tá siad ar an taobh s'againne, ach tá a leithéid ann – crainn a thabharfadh suas di féin muid. Tá a fhios agaibh cé atá i gceist agam,' a dúirt sé agus é ag sméideadh a chinn.

'Más ag caint ar thaobh a ghlacadh atá muid,' arsa Edmund, 'cá bhfios dúinne gur cara tusa?'

'Maith dúinn an mímhúineadh, a Bhéabhair' arsa Peter, 'ach is strainséirí sa tír seo muid.'

'Is fíor duit, is fíor duit,' arsa an Béabhar. 'Seo comhartha cairdis uaim.' Agus, leis sin, thaispeáin sé rud beag dóibh a raibh dath bán air. D'amharc siad air agus iontas orthu go dtí gur dhúirt Lucy, 'Ó, is ea. Mo chiarsúr atá ann – an ceann a thug mé do Mháistir Tumnus.'

'Díreach é,' arsa an Béabhar. 'Fuair sé leid go rabhthas chun é a ghabháil agus thug sé an ciarsúr domsa. Dúirt sé liom, dá dtarlódh rud ar bith dó féin, casadh libhse anseo agus sibh a thionlacan go –' Thit an Béabhar ina thost ansin agus ní dhearna sé ach a cheann a sméideadh. Bhí ciall éigin sna gothaí sin aige, an té a thuigfeadh iad. Thug sé comhartha do na páistí cruinniú thart air. Sheas siad isteach chomh gar sin dó gur mhothaigh siad a chuid ribí féasóige ag cuimilt dá ngnúis. Labhair sé leo i gcogar íseal –

'Deirtear go bhfuil Áslan ar a bhealach – seans go bhfuil sé tagtha cheana féin.'

Tharla rud an-aisteach ansin. Ní raibh eolas ar bith ag na páistí ar Áslan, oiread agus atá agat féin; ach níor luaithe a dúirt an Béabhar na focail sin ná gur tháinig athrú ar mheon gach duine acu. B'fhéidir gur tharla a leithéid duit féin agus tú ag brionglóideach, go ndeir duine rud éigin nach dtuigeann tú ach atá millteanach tromchúiseach mar sin féin. Seans gur rud scanrúil a bheadh ann, a dhéanann tromluí den bhrionglóid, nó seans go mbeadh sé chomh hálainn sin agus go dtéann sé thar insint béil, sa dóigh is go mairfidh an bhrionglóid i do chuimhne fad is a mhairfidh tú féin agus go mbeidh tú go síoraí ag iarraidh aoibhneas na brionglóide a bhlaiseadh arís. Mar sin a bhí na páistí an t-am sin. Nuair a dúradh ainm Áslain, chorraigh an croí i ngach duine acu.

Eagla dhiamhair éigin a mhothaigh Edmund.
Spiorad an laochais agus na heachtraíochta a
músclaíodh i gcroí Peter. Bhraith Susan mar
a bheadh cumhracht nó séis aoibhinn cheoil
san aer. Maidir le Lucy, bhí lúcháir uirthi mar
a bhíonn ar dhuine a mhúsclaíonn ar maidin
agus a chuimhníonn gurb é an chéad lá de na
laethanta saoire atá ann, nó an chéad lá den
samhradh.

'Ach cad faoi Mháistir Tumnus?' arsa Lucy.
'Cá háit a bhfuil seisean?'

'S-s-s-s,' arsa an Béabhar, 'ná bímis ag caint
anseo. Tabharfaidh mé sibh go háit a mbeidh
comhrá againn ann, agus dinnéar leis.'

Faoin am seo, bhí gach duine sásta, ach
amháin Edmund, muinín a chur sa Bhéabhar
agus fiú amháin Edmund bhí lúcháir air an
focal 'dinnéar' a chluinstin. Ar feadh breis agus
uair an chloig, dheifrigh siad leo sna sála ar
a gcomrádaí nua, a bhí ag treabhadh roimhe
go gasta sna háiteanna ba dhorcha agus ba
dhlúithe a bhí an fhoraois.

Bhí dúthuirse agus dubhocras ar gach aon
duine. Ach, go tobann, tháinig athrú ar an taobh
tíre; bhí níos mó spáis idir na crainn agus bhí
titim ghéar sa talamh fúthu. I gceann bomaite,
tháinig siad amach as an fhoraois gur sheas siad

faoi spéir mhór fhairsing (bhí an ghrian fós ag taitneamh) agus radharc breá thíos fúthu.

Bhí siad ina seasamh ar imeall gleann cúng crochta a raibh abhainn mhór ag sní tríd – nó ba chruinne a rá go mbeadh an abhainn ag sní tríd an ghleann mura raibh an t-uisce reoite. Thíos fúthu bhí damba ó bhruach amháin den abhainn go dtí an bruach thall. Chuimhnigh gach duine ansin go bhfuil béabhair go hiontach chun dambaí a dhéanamh agus dar leo gurbh é Máistir Béabhar a rinne an ceann seo. Thug siad faoi deara go raibh dreach beag bródúil ar a ghnúis – mar a bhíonn ar ghnúis daoine agus tú ar cuairt ar ghairdín a leag siad féin amach nó le linn duit a bheith ag léamh scéal a chum siad féin. Ba den dea-mhúineadh é, mar sin, gur dhúirt Susan, 'A leithéid de dhamba breá!' Ní 'fuist' a dúirt Máistir Béabhar an t-am seo ach 'Níl ann ach rud beag. Rud beag go díreach. Níl sé críochnaithe go fóill.'

Os cionn an damba bhí brat cothrom d'oighear glas a bheadh ina linn dhomhain murach an t-uisce a bheith reoite. Bhí tuilleadh oighir thíos faoin damba – i bhfad síos – ach ní barr cothrom réidh a bhí air sin. D'fhéadfaí cruth na dtonn agus an uisce reatha a dhéanamh amach go fóill – an chuma a bhí ar an sruth uisce díreach sa bhomaite a tháinig an fuacht reoiteach. San áit a mbíodh an t-uisce ag cur thar bhruacha an damba, bhí balla drithleach de bhioranna seaca. Shílfeá gur maisíodh taobh an damba le bláthanna is le triopaill den siúcra ba ghile is ba ghlaine. Agus, amuigh i lár an oighir, crochta ar bharr an damba, bhí teach beag saoithiúil nach dtabharfá de shamhail dó ach coirceog mhór. Bhí toit ag éirí as poll i mbarr an tí, rud a chuirfeadh cócaireacht i gcuimhne don té a mbeadh ocras air, agus a chuirfeadh níos mó ocrais ná riamh air.

Ba é an teach an rud ba mhó ar chuir siad sonrú ann, gach duine seachas Edmund, a bhí i ndiaidh rud éigin eile a thabhairt faoi deara. Píosa níos faide síos uathu, bhí abhainn bheag ag sní trí ghleanntán eile go ndeachaigh sí isteach san abhainn mhór a raibh an damba uirthi. Ag amharc síos an gleann sin dó, chonaic Edmund dhá chnoc agus bhí sé ionann agus cinnte de gurbh iad sin an dá chnoc a thaispeáin an Bandraoi Bán dó agus é ag fágáil slán aici ag an Lampa Sráide. Idir an dá chnoc sin, a mheas sé, a bhí pálás an Bhandraoi, timpeall míle ar shiúl má bhí an méid sin féin ann. Chuimhnigh sé ansin ar an Mhilseán Thurcach agus ar an dóigh a rabhthas chun Rí a dhéanamh de ('Cad é mar

a thaitneodh sé sin le Peter?' a d'fhiafraigh sé de féin), agus tháinig smaoineamh uafásach isteach ina cheann.

'Tá muid in aice baile anois,' arsa Máistir Béabhar, 'agus is cosúil go bhfuil Máistreás Béabhar ag súil linn. Leanaigí mise agus coimhéadaigí nach mbainfí sciorradh coise daoibh.'

Bhí barr an damba leathan go leor le go bhféadfaí siúl air ach, mar gheall ar an bhrat oighir a bhí ann, níor dheas an tsiúlóid é (do dhaoine daonna ar scor ar bith). Bhí an linn reoite díreach cothrom leis ar thaobh amháin ach, ar an taobh eile, bhí titim scáfar síos go dtí an abhainn bheag. Lean siad Máistir Béabhar ansin, gach duine ar chúl an duine eile agus radharc acu i bhfad suas agus i bhfad síos an abhainn. Bhain siad lár an damba amach faoi dheireadh, áit a raibh teach na mBéabhar.

'Seo ar ais mé, a Mháistreás Béabhar,' arsa Máistir Béabhar. 'Agus tá siad liom – Mic Ádhaimh agus Iníonacha Éabha' – agus chuaigh siad uilig isteach.

Ba é an chéad rud a chuala Lucy i ndiaidh di dul isteach ná trup inneall fuála agus ba é an chéad rud a chonaic sí ná sean-Mháistreás Béabhar ina suí sa chúinne, snáithe ina béal agus í go saothrach i mbun a cuid oibre. Stop sí den obair nuair a tháinig na páistí isteach agus

d'éirigh ina seasamh le fáilte a chur rompu.

'Tháinig sibh faoi dheireadh!' a dúirt sí, agus a dhá lapa roicneacha amuigh aici. 'Faoi dheireadh thiar thall! Agus gur shíl mé nach bhfeicfinn an lá seo choíche! Tá na prátaí thíos agus tá an citeal ag feadaíl agus, má tá aithne agamsa ar Mháistir Béabhar, ní bheidh moill air iasc a sholáthar dúinn.'

'Ní bheidh, leoga,' arsa Máistir Béabhar. Amach leis arís (agus Peter ina chuideachta) ar an linn reoite go dtí an áit a raibh poll déanta san oighear aige – b'éigean dó an t-oighear a bhriseadh le tua gach uile lá leis an pholl a choinneáil oscailte. Thug siad buicéad leo fosta. Shuigh Máistir Béabhar síos go suaimhneach ag béal an phoill (de réir cosúlachta, níor chuir an fuacht isteach ná amach airsean), d'amharc isteach ann, chuir a lapa síos, agus i bhfaiteadh na súl, bhain sé breac mór breá amach as an uisce. Rinne sé an cleas céanna arís is arís eile go dtí go raibh lear mór iasc acu le tabhairt ar ais chun tí.

Le linn an ama sin, bhí na cailíní ag cuidiú le Máistreás Béabhar. Bhí uisce le cur sa chiteal, sceana agus foirc le cur ar an tábla, an t-arán le gearradh, na plátaí le cur á dtéamh san oigheann, crúiscín mór millteanach Mháistir Béabhar le líonadh amach as bairille beorach i gcúinne den seomra agus teas le cur faoin fhriochtán. Dar le Lucy gur theach beag seascair a bhí ag na Béabhair cé nach raibh sé ar bhealach ar bith cosúil le pluais Mháistir Tumnus. Ní raibh leabhar ná pictiúr ar bith ann agus ní leapacha a bhí ann ach buncanna ag gobadh amach as an bhalla, mar a bheadh ar bord loinge. Bhí oinniúiní agus ceathrúna muiceola ar crochadh den tsíleáil agus bhí buataisí agus a lán rudaí eile caite le balla ann: ola-éadaigh, tuanna, deimhis, spáda, liáin, rudaí fá choinne moirtéal a iompar, slata iascaireachta, eangacha agus málaí. Bhí an t-éadach boird thar a bheith garbh, bíodh is go raibh sé glan.

Bhí an friochtán breá te faoin am a tháinig Peter agus Máistir Béabhar isteach. Bhí Máistir Béabhar i ndiaidh an t-iasc a oscailt agus a ghlanadh amach lena scian féin sular tháinig sé isteach. Samhlaigh an t-ocras a chuir an boladh cócaireachta ar na páistí agus cé chomh mífhoighdeach is a bhí siad agus iad ag fanacht go mbeadh an t-iasc úr friochta agus go ndéarfadh Máistreás Béabhar, 'Anois, tá muid chóir a bheith réidh.' Rinne Susan na prátaí a thaomadh, chuir ar ais sa phota iad agus d'fhág le triomú ar an sorn iad fad is a bhí Lucy ag

cuidiú le Máistreás Béabhar an breac a chur ar
phlátaí. Níorbh fhada gur tharraing gach duine
stól isteach chun boird (ní raibh sa teach ach
stólta trí chos, amach ón chathaoir luascáin a

bhí ag Máistreás Béabhar cois tine) agus iad ag súil leis an fhéasta.

Bhí crúiscín de bhainne ramhar ann do na páistí (beoir ab fhearr le Máistir Béabhar), meall mór im buí i lár an tábla agus cead acu a oiread de agus ba mhian leo a chur ar a gcuid prátaí. Ba é a shíl na páistí – agus tá mise ar aon aigne leo – nach bhfuil aon ní níos fearr ná iasc fíoruisce a bhí beo san uisce leathuair an chloig ó shin agus a baineadh amach as friochtán leathbhomaite ó shin. Nuair a bhí an t-iasc ite acu, cad é do bharúil ach gur thug Máistreás Béabhar rollóg mhór mharmaláide amach as an oigheann – í bruite blasta agus ar maos le subh. Chuir sí síos an citeal ansin agus bhí an tae réidh faoin am a raibh an rollóg mharmaláide ite acu. Thug gach duine cupán leis (nó léi), bhog an stól s'aige (nó an stól s'aici) siar, chuir droim le balla agus lig osna fhada shásta.

Chuir Máistir Béabhar an muga beorach folamh ar leataobh agus tharraing chuige a chupán tae. 'Anois,' a dúirt sé, 'má fhanann sibh go ndéanfaidh mé mo phíopa a dheargadh b'fhéidir nár mhiste dúinn dul i mbun oibre arís. Tá sé ag cur sneachta arís,' a dúirt sé, agus sméid sé a cheann i dtreo na fuinneoige. 'Sin mar is fearr é mar ní bheidh aon duine ag teacht ar cuairt chugainn anseo. Fiú má bhí duine ag iarraidh sibh a leanstan, beidh lorg bhur gcos clúdaithe ag an sneachta.'

I nDiaidh an Dinnéir

'Agus anois,' arsa Lucy, 'an inseoidh tú dúinn cad é a tharla do Mháistir Tumnus?'

'Arú, is bocht an scéal é,' arsa Máistir Béabhar, agus é ag croitheadh a chinn. 'Drochobair ar fad ar fad. Níl aon amhras ach gur thug na póilíní leo é. Tá sé sin agam ó éan a chonaic lena shúile féin é.'

'Ach cá háit ar tugadh é?' a d'fhiafraigh Lucy.

'Bhuel, an uair dheireanach a chonacthas iad, is ag dul ó thuaidh a bhí siad, agus nach maith atá a fhios againn an chiall atá leis sin?'

'Níl a fhios againne go rómhaith,' arsa Lucy. Chroith Máistir Béabhar a cheann go gruama.

'Is é an chiall atá leis, tá faitíos orm, ná go raibh siad á thabhairt go dtí an Teach s'aicise,' a dúirt sé.

'Ach cad é a dhéanfaidh siad dó, a Mháistir Béabhar?' a dúirt Lucy, agus uafás uirthi.

'Bhuel,' arsa Máistir Béabhar, 'ní fhéadfainn a rá go cinnte. Ach is beag duine a théann isteach sa Teach sin agus a thagann amach slán. Dealbha. Deirtear go bhfuil an áit líonta lán de dhealbha – sa chlós agus ar an staighre agus sa halla. Daoine iad' – stad sé tamall agus chuaigh creathán tríd – 'a ndearna sí cloch díobh.'

'Ach, a Mháistir Béabhar,' arsa Lucy, 'nach dtig linn rud éigin – ní hea, caithfidh muid rud éigin a dhéanamh le tarrtháil a thabhairt air. Scéal gránna atá ann, agus is ormsa atá an locht.'

'Tá mé cinnte go ndéanfá é a shábháil dá dtiocfadh leat, a thaisce,' arsa Máistreás Béabhar, 'ach ní bheidh tú in ann dul isteach sa Teach sin ar neamhchead di féin agus teacht slán as.'

'Nach dtiocfadh linn seift éigin a chumadh?' arsa Peter. 'Cuir i gcás, feisteas bréige a chur orainn agus a ligean orainn féin gur, ó, níl a fhios agam, gur mangairí siúil muid nó rud éigin mar sin. Nó an Teach a choimhéad agus fanacht léi dul amach, nó – arú, pleoid air! Caithfidh sé go bhfuil bealach éigin ann. An Fánas seo, a Mháistir Béabhar, chuaigh sé i gcontúirt le mo dheirfiúr a shábháil. Ní thig linn é a fhágáil le go – le go – le go dtarlódh sin dó.'

'Níl maith ar bith ann, a Mhic Ádhaimh,' arsa Máistir Béabhar. 'Níl maith ar bith ann, duitse go háirithe. Ach anois go bhfuil Áslan ar a bhealach –'

'Ó, is ea! Inis dúinn faoin Áslan seo!' a dúirt siad as béal a chéile; agus tháinig an mothú diamhrach sin orthu arís, mar a bhíonn ar dhaoine nuair a fheiceann siad céad chomharthaí an earraigh nó nuair a fhaigheann siad dea-scéala.

'Cé hé Áslan?' a d'fhiafraigh Susan.

'Áslan?' arsa Máistir Béabhar. 'An féidir nach bhfuil a fhios agat? Is é an Rí é. Is é Tiarna na coille uilig é, ach ní minic a bhíonn sé anseo, an dtuigeann tú. Ní le mo linnse ná le linn m'athar. Ach fuair muid scéala go bhfuil sé ag filleadh orainn. Tá sé i Nairnia cheana féin. Cuirfidh seisean múineadh ar an Bhandraoi Bhán. Eisean, agus ní sibhse, a shábhálfaidh Máistir Tumnus.'

'Nach mbeidh sí in ann cloch a dhéanamh den duine seo fosta?' arsa Edmund.

'Go dtuga Dia ciall duit, a Mhic Ádhaimh, a leithéid d'amaidí níor chuala mé riamh!' a d'fhreagair Máistir Béabhar. 'Cloch a dhéanamh d'Áslan! Thabharfadh sé a sháith di seasamh suas díreach agus amharc sna súile air – breis agus a sháith, déarfainn. Is ea, is ea. Cuirfidh seisean an scéal ina cheart, díreach mar atá ráite i sean-rann atá againn san áit seo:

Déanfar ceart de gach éigeart nuair 'bheas Áslan ar ais
Nuair a chluinfear a ghlór beidh deireadh le brón
Nochtfaidh sé a chár is siúd an geimhreadh ar lár
Croithfidh sé a mhoing is beidh an t-earrach breá linn.

Tuigfidh sibh féin nuair a chífidh sibh é.'

'Ach an amhlaidh a chífidh muid choíche é?' a d'fhiafraigh Susan.

'Siúd, a Iníon Éabha, an fáth ar thug mé chun na háite seo sibh. Tá mé le sibh a threorú go dtí an áit a gcasfaidh sibh leis,' arsa Máistir Béabhar.

'An – an fear atá ann?' a d'fhiafraigh Lucy.

'Áslan! Ina fhear!' arsa Máistir Béabhar de ghuth crua. 'Ní hea, leoga! Nár inis mé daoibh gur Rí na coille é, agus mac an Impire Mhóir a Chónaíonn ar an Choigríoch? Nár chuala sibh trácht ar Rí na nAinmhithe? Is leon é Áslan – an Leon thar gach leon, Leon na Leon.'

'Mh'anam!' arsa Susan. 'Agus gur shíl mise gur fear atá ann. An sábháilte dúinn casadh leis? Beidh mo sháith faitís orm, creidim, agus mé i láthair leoin.'

'Beidh, a thaisce, gan dabht ar bith,' arsa Máistreás Béabhar; 'is cróga an duine a sheasfadh os comhair Áslan gan a dhá ghlúin a bheith ag bualadh lena chéile – duine cróga nó duine bómánta, b'fhéidir.'

'Ní bheidh muid sábháilte, mar sin?' arsa Lucy.

'Sábháilte?' arsa Máistir Béabhar. 'Nár chuala tú an méid a dúirt Máistreás Béabhar? Ní cúrsaí 'sábháilte' nó 'gan a bheith sábháilte' atá ann. Níl mé ag rá go bhfuil Áslan sábháilte, ach tá sé maith. Is eisean an Rí, bíodh a fhios agat.'

'Is fada liom go bhfeicfidh mé é,' arsa Peter, 'fiú má bhíonn eagla orm lena linn.'

'Sin é go díreach, a Mhic Ádhaimh' arsa Máistir Béabhar. Bhuail sé a lapa ar an tábla ansin agus bhain croitheadh as na cupáin agus na sásair. 'Agus chífidh tú go luath é. Tá scéala faighte agam go gcasfaidh sibh leis amárach, ag an Chlár Cloiche.'

'Cá háit a bhfuil sé sin?' arsa Lucy.

'Déanfaidh mise sibh a thionlacan ann,' arsa Máistir Béabhar. 'Tá sé píosa maith síos an abhainn, ach beidh mise libh!'

'Ach, idir an dá linn, cad é a dhéanfaidh muid faoi Mháistir Tumnus bocht?' arsa Lucy.

'An bealach is fearr chun cuidiú leisean ná casadh le hÁslan,' arsa Máistir Béabhar. 'An uair amháin a bheidh Áslan linn tig linn dul i mbun na hoibre. Ach tá sibhse de dhíth orainn fosta. Tá sé ráite i sean-rann eile:

Sliocht Chlann Ádhaimh go smior na gcnámh
I réim i gCathair Paraivéil na bhflaith
Siúd ré an duaircis thart go brách.

Caithfidh sé go bhfuil ré nua ag teacht má tá seisean agus sibhse tagtha chugainn. Chuala muid scéalta faoi Áslan a bheith ar cuairt sa tír seo cheana – i bhfad bhfad siar, ní fios d'aon duine cén t-am. Ach ní raibh duine ar bith de bhur gcine-se anseo riamh cheana.'

'Sin é an rud nach dtuigim, a Mháistir Béabhar,' arsa Peter. 'Nach duine daonna í an Bandraoi féin?'

'Cuireann sí i gcéill gurb ea,' arsa Máistir Béabhar, 'agus deir sí gur mar gheall air sin atá sí i dteideal a bheith ina Banríon. Ach ní Iníon de Chlann Éabha ar chor ar bith í. Is iníon í le Lilith, an chéad chéile a bhí ag bhur n-athair, Ádhamh. Ba den Jinn í Lilith – siúd í máthair an Bhandraoi. Fathach ba ea an t-athair. Mar sin de, níl oiread agus deoir den fhuil dhaonna sa Bhandraoi chéanna.'

'Is mar gheall air sin atá sí chomh mioscaiseach, a Mháistir Béabhar,' arsa Máistreás Béabhar.

'Is fíor duit, a Mháistreás Béabhar,' a d'fhreagair seisean. 'Táthar idir dhá chomhairle i dtaobh daoine daonna (i gcead dóibh siúd atá inár gcuideachta anocht), ach níl ach dearcadh amháin ann i dtaobh neacha a bhfuil cuma daoine daonna orthu gan cuid ar bith den daonnacht.'

'Bhí aithne agamsa ar Dhraoidíní dea-chroíocha,' arsa Máistreás Béabhar.

'Mise fosta, ó luaigh tú é,' arsa a fear céile. 'Ach tá a leithéid gann go leor agus is iad an dream is lú atá cosúil le fir an dream is fearr ina measc. Ach, tríd is tríd, ní miste daoibh glacadh le mo chomhairle-se, má chastar ort aon neach atá ar tí a bheith daonna ach nach bhfuil daonna fós, nó a bhí daonna seal agus nach bhfuil daonna anois, nó ar cheart dó a bheith daonna agus nach bhfuil, coinnigh súil ghéar air agus faigh tua. Sin é an fáth a mbíonn an Bandraoi ag faire go dtiocfaidh daoine daonna go Nairnia. Tá súil in airde aici libhse le fada fada an lá. Dá mbeadh a fhios aici ceathrar agaibh a bheith ann bheadh sí níos measa fós.'

'Cén bhaint atá aige sin leis an scéal?' a d'fhiafraigh Peter.

'Tá sé sa tairngreacht,' arsa Máistir Béabhar. 'Thíos i gCathair Paraivéil – is caisleán é sin atá suite cois farraige, ag béal na habhann seo go díreach agus bheadh sé ina phríomhchathair dá mbeadh rudaí mar ba cheart sa tír seo. Ar scor ar bith, tá ceithre ríchathaoir i gCathair Paraivéil agus tá sé ráite le fada riamh anseo i Nairnia go mbeidh deireadh le ré an Bhandraoi Bháin má shuíonn beirt Mhac de chuid Ádhaimh agus beirt Iníon de chuid Éabha sna ríchathaoireacha sin. Is mar gheall air sin ab éigean dúinn a bheith chomh faichilleach agus muid ar ár mbealach anseo. Dá mbeadh a fhios aici an ceathrar agaibhse a bheith ann, níorbh fhiú ribe de chuid m'fhéasóige saol aon duine agaibh!'

Bhí na páistí chomh mór sin faoi dhraíocht ag scéal Mháistir Béabhar nach raibh aird acu ar a raibh ag tarlú thart timpeall orthu. Bhí tost beag ann i ndiaidh dó an ráiteas deireanach sin a chur de agus b'in an uair a scairt Lucy:

'Hóigh, cá bhfuil Edmund?'

D'fhan an chuideachta go léir ina dtost ar feadh tamaill – tost trom. Thosaigh an cur is an cúiteamh ansin. 'Cé an duine deireanach a chonaic é? Cé chomh fada is atá sé ar shiúl? An ndeachaigh sé amach?' Rith gach duine acu chun an dorais agus d'amharc amach. Bhí sé ag plúchadh sneachta, bhí brat bán anuas ar oighear glas na linne uisce agus, ón áit a raibh siad sa teach beag i lár an damba, ba le dua a d'fhéadfaí bruacha na habhann a dhéanamh amach. Amach leo, agus an sneachta úr suas go murnán orthu. Rinne siad cúrsa timpeall an tí agus iad ag scairteadh 'A Edmund! A Edmund!' go dtí go raibh piachán ina sceadamán. Ach bádh a gcuid focal sa sneachta tiubh balbh. Macalla féin ní raibh le cluinstin.

'Tá seo millteanach!' arsa Susan i ndiaidh dóibh filleadh go héadóchasach ar an teach. 'Mo léan gur tháinig muid chun na háite seo riamh.'

'Cén chomhairle atá agat dúinn, a Mháistir Béabhar?' arsa Peter.

'Comhairle, an ea?' arsa Máistir Béabhar, agus é ag cur a chuid buataisí sneachta air féin. 'Caithfidh muid imeacht anois díreach. Níl oiread agus bomaite le spáráil!'

'Déanfaidh muid ceithre bhuíon chuardaigh,'

arsa Peter. 'Rachaidh gach duine i dtreo faoi leith. An té a thiocfaidh ar Edmund, tugadh sé ar ais anseo é láithreach agus –'

'Cuardach, a Mhic Ádhaimh?' arsa Máistir Béabhar. 'Agus cad é seo atá le cuardach againn?'

'Edmund, dar ndóigh! Cad é eile?'

'Ní fiú dul á chuardach,' arsa Máistir Béabhar.

'Cad é atá i gceist agat?' arsa Susan. 'Ní dócha go bhfuil sé rófhada ar shiúl. Agus caithfidh muid é a fháil. Cad é atá i gceist agat nuair a deir tú nach fiú dul á chuardach?'

'Ní fiú dul á chuardach,' arsa Máistir Béabhar, 'nuair atá a fhios againn cheana féin cá bhfuil a thriall!'

D'amharc na páistí air agus iontas orthu. 'Ná nach dtuigeann sibh?' arsa Máistir Béabhar. 'Chuicise a d'imigh sé, chuig an Bhandraoi Bhán. Tá sé i ndiaidh feall a dhéanamh orainn.'

'Ó, ní chreidim – ó, is cinnte nach fíor é sin,' arsa Susan. 'Ní fhéadfadh sé a leithéid a dhéanamh.'

'Nach bhféadfadh?' arsa Máistir Béabhar agus é ag féachaint go dian ar an triúr páistí. Níor fágadh focal ag aon duine den triúr, mar bhí a fhios acu ina gcroí istigh gurbh é sin go díreach a bhí déanta ag Edmund.

'Ach níl fios an bhealaigh aige,' arsa Peter.

'An raibh sé sa tír seo cheana?' a d'fhiafraigh Máistir Béabhar. 'An raibh sé riamh anseo leis féin?'

'Bhí,' arsa Lucy, agus ba bheag nach i gcogar a dúirt sí é. 'Tá eagla orm a rá go raibh.'

'Agus ar inis sé daoibh cad é a rinne sé nó cé a casadh air?'

'Bhuel, níor inis,' arsa Lucy.

'Féadann muid talamh slán a dhéanamh de, mar sin,' arsa Máistir Béabhar. 'Chas sé leis an Bhandraoi Bhán cheana féin agus tá sé ar an taobh s'aicise. Dar ndóigh, d'inis sí dó cá bhfuil sí ina cónaí. Goilleann sé orm sé seo a rá (ó tharla gurb é bhur ndeartháir é) ach níor luaithe a chonaic mé é ná gur thug mé meas fealltóra air. Tá sé cosúil le duine a chaith seal i gcuideachta an Bhandraoi agus a bhlais dá cuid bia. Ní bhíonn moill ar mhuintir Nairnia a leithéid a aithint; bíonn rud éigin sna súile.'

'Mar sin féin,' arsa Peter de ghlór múchta, 'beidh orainn dul sa tóir air. Is é ár ndeartháir é, fiú más cladhaire beag gránna atá ann. Agus, ar scor ar bith, níl ann ach páiste.'

'Níl tú ag moladh dul go Teach an Bhandraoi Bháin, an bhfuil?' arsa Máistreás Béabhar. 'Nach dtuigeann sibh go gcaithfidh sibh fanacht glan amach ón bhean chéanna, agus gurb é sin an

t-aon seans atá agaibh sibh féin agus bhur
ndeartháir a thabhairt slán?'

'Cad é atá i gceist agat?' arsa Lucy.

'Tá sí ag iarraidh greim a fháil ar an cheathrar
agaibh i gcuideachta a chéile (bíonn sí i gcónaí
ag cuimhneamh ar an cheithre ríchathaoir i
gCathair Paraivéil). An uair amháin a bheadh
an ceathrar agaibh sa Teach aici bheadh a cuid
oibre déanta – bheadh ceithre dhealbh nua sa
bhailiúchán sula mbeadh faill chainte ag duine
ar bith agaibhse. Coinneoidh sí do dheartháir
beo nuair nach bhfuil aici ach é. Coinneoidh sí
é le sibhse a mhealladh chuici.'

'Ó, nach gcuideoidh duine ar bith linn?' a
dúirt Lucy go truacánta.

'Ní thig le duine ar bith cuidiú libh ach
Áslan,' arsa Máistir Béabhar. 'Rachaidh muid
chuige anois. Sin é an t-aon seans atá againn.'

'Dar liomsa, a pháistí mo chroí,' arsa
Máistreás Béabhar, 'go bhfuil sé tábhachtach
fios a bheith againn cá huair go díreach a
d'imigh bhur ndeartháir. Ní thig leis a insint di
ach an méid a chuala sé. Cuir i gcás, ar chuala
sé muid ag caint ar Áslan? Murar chuala seans
go mbeidh an lá linn go fóill, mar ní bheidh a
fhios aici go bhfuil Áslan tagtha go Nairnia ná
go bhfuil muidne chun casadh leis. Is é rud a

bheidh Áslan ag teacht aniar aduaidh uirthi.'

'Ní cuimhin liom é a bheith ann le linn dúinn bheith ag caint faoi Áslan —' a thosaigh Peter ach chuir Lucy isteach ar a chuid cainte.

'Ó bhí, bhí sé ann,' a dúirt sí go gruama; 'nach cuimhin leat, eisean a d'fhiafraigh an mbeadh an Bandraoi in ann cloch a dhéanamh d'Áslan fosta?'

'Is ea, eisean a dúirt é sin.' arsa Peter. 'Díreach an cineál ruda a déarfadh seisean!'

'Tá an scéal ag dul in olcas,' arsa Máistir Béabhar. 'Agus mar bharr ar an donas, an raibh sé fós ann nuair a dúirt mé go bhfuil muid le casadh le hÁslan ag an Chlár Cloiche?'

Agus, dar ndóigh, ní raibh freagra na ceiste sin ag duine ar bith acu.

'Mar, má bhí seisean ann,' arsa Máistir Béabhar, 'ní bheidh le déanamh aici ach an carr sleamhnáin a thiomáint sa treo sin agus greim a fháil orainn agus muid ar ár mbealach go dtí an Clár Cloiche. Tiocfaidh sí idir muid agus Áslan.'

'Ach ón aithne atá agamsa uirthi, ní hé sin an chéad rud a dhéanfaidh sí' arsa Máistreás Béabhar. 'A luaithe agus a inseoidh Edmund di gur anseo atá muid, tiocfaidh sí sa tóir orainn anocht féin. Má tá seisean imithe le leathuair an chloig, beidh sise sa mhullach orainn i gceann fiche bomaite.'

'Is fíor duit, a Mháistreás Béabhar' arsa a fear céile, 'caithfidh muid imeacht. Níl bomaite féin le spáráil.'

I dTeach an Bhandraoi

Dar ndóigh, tá tú ag iarraidh a fháil amach cad é a tharla d'Edmund idir an dá linn. D'ith sé a chuid féin den dinnéar ach níor bhain sé sult mar ba cheart as nó bhí sé ag smaoineamh ar an Mhilseán Thurcach ar feadh an ama. Níl aon ní is mó a mhillfeadh blas an bhia mhaith nádúrtha ort ná bheith ag cuimhneamh ar bhia gan mhaith a cuireadh ar fáil trí chleasa draíochta. Ná ní raibh dúil aige sa chomhrá ach oiread; dar leis go rabhthas ag déanamh neamhaird de agus go raibh an mhuintir eile i ndiaidh cúl a gcinn a thabhairt dó. Ní hamhlaidh a bhí, ach sin mar a samhlaíodh dó féin é. D'fhan sé tamall ag éisteacht le Máistir Béabhar ag cur síos dóibh ar Áslan agus na socruithe fá choinne casadh leis ag an Chlár Cloiche. B'in an uair a ghluais Edmund go formhothaithe i dtreo an dorais go ndeachaigh sé i bhfolach taobh thiar den chuirtín. Gach uair a chuala sé ainm Áslain á lua, thagadh mothú míthaitneamhach diamhair

air, díreach mar a thagadh mothú aoibhinn diamhair ar an mhuintir eile.

Le linn do Mháistir Béabhar a bheith ag reacaireacht leis i dtaobh 'Sliocht Chlann Ádhaimh,' chas Edmund murlán an dorais, agus díreach sular thosaigh Máistir Béabhar ag míniú dóibh nár dhuine daonna a bhí sa Bhandraoi Bhán ar chor ar bith, ach gur den Jinn í ó thaobh amháin agus de chine na bhfathach ón taobh eile, bhí Edmund amuigh sa sneachta agus an doras druidte go faichilleach ina dhiaidh aige.

Anois, ná ceap go raibh Edmund chomh holc sin agus gur mhian leis go ndéanfaí cloch dá dhearrtháir agus dá dheirfiúracha féin. Ba é ba mhian leis ná Milseán Turcach, a bheith ina Phrionsa (agus ina Rí níos faide anonn) agus an comhar a dhíol le Peter as 'cladhaire' a thabhairt air. Ní raibh sé ag iarraidh an Bandraoi a bheith lách leis an mhuintir eile – cinnte, ní raibh sé ag iarraidh í a bheith chomh lách leo agus a bhí leis féin; ach d'éirigh leis a chur in iúl dó féin nach ndéanfadh sí rud ar bith ródhona dóibh. 'Dar ndóigh,' a dúirt sé leis féin, 'is iad a cuid naimhde a bhíonn ag cúlchaint uirthi ach is dócha nach bhfuil fírinne i leath dá ndeir siad. Ar scor ar bith, tá sí níos fearr ná an diabhal Áslan sin!' B'in an leithscéal a chum sé ina

aigne féin ach leithscéal bacach go leor a bhí
ann; bhí a fhios aige ina chroí istigh gur dhuine
mioscaiseach cruálach a bhí sa Bhandraoi Bhán.

An chéad rud a thug sé faoi deara agus é
amuigh faoin sneachta ná gur fhág sé a chóta
ina dhiaidh i dteach na mBéabhar. Dar ndóigh,
ní fhéadfadh sé dul ar ais fána choinne anois.
An dara rud a thug sé faoi deara ná go raibh
sé ag dul ó sholas. Bhí sé ag tarraingt ar a trí a
chlog nuair a d'ith siad dinnéar agus ní fada a
mhaireann laethanta an gheimhridh. Ní raibh
rudaí ag titim amach mar a bhí beartaithe aige,
ach b'éigean dó leanstan air. Thiontaigh sé suas
a choiléar agus shiúil leis go hanásta trasna an
damba (ní raibh sé díreach chomh sleamhain
agus a bhí, mar gheall ar an chlúdach sneachta)
go dtí an bruach thall.

Bhí rudaí ag dul ina choinne. Bhí sé ag éirí níos dorcha ar feadh an ama agus bhí an sneachta chomh trom sin gur dheacair dó rud ar bith a fheiceáil a bhí níos faide ná trí troithe amach roimhe. Ní raibh bealach mór ar bith ann agus, nuair nach raibh, b'in é ag titim isteach i síobáin sneachta nó ag sleamhnú ar leaca uisce reoite. Is iomaí bun crainn a bhain tuisle as agus fána ghéar a bhain titim as. Ba mhinic a scríob sé craiceann a lorgaí i gcoinne creige. Ghoill an tost agus an t-uaigneas go millteanach air. Go deimhin, measaim go n-éireodh sé as a chuid pleananna agus go bhfillfeadh sé le hathmhuintearas a dhéanamh leis na páistí eile murach gur dhúirt sé leis féin: 'Nuair a bheidh mise i mo Rí ar Nairnia, is é an chéad rud a dhéanfaidh mé ná bóithre mar is ceart a chur á ndéanamh.' Chuir sé sin ag smaoineamh é ar bheith ina Rí agus ar na rudaí eile a dhéanfadh sé agus ba mhór an t-ardú meanman dó é. Bhí sé díreach i ndiaidh rudaí áirithe a shocrú ina aigne – an cineál páláis a bheadh aige, cá mhéad carranna a bheadh aige, a phictiúrlann phríobháideach, leagan amach na bpríomhbhóithre iarainn, na dlíthe a dhéanfadh sé i gcoinne béabhar agus dambaí – agus bhí sé ag cur an dlaoi mhullaigh ar scéimeanna leis an

sotal a bhaint as Peter nuair a tháinig claochlú ar
an aimsir. Stop an plúchadh sneachta. D'éirigh
gaoth agus tháinig bearradh fuar reoiteach ar
aer na hoíche. Scaip na néalta agus nochtadh
gealach iomlán ar an spéir. Idir ghile na gealaí
agus ghile an tsneachta, bhí an oíche beagnach
chomh geal le lár an lae. B'ait leat, áfach, mar a
bhí na scáilí á gcaitheamh ar an talamh.

Ní aimseodh Edmund an bealach ceart choíche
murar nocht an ghealach an t-am sin, díreach
i ndiaidh dó an abhainn eile a shroicheadh –
an cuimhin leat go bhfaca sé abhainn bheag ag
dul isteach san abhainn mhór (i ndiaidh dóibh
teach na mBéabhar a bhaint amach)? Bhí sé
tagtha chomh fada leis an abhainn bheag sin
agus dar leis go leanfadh sé í suas an gleann.
Ach b'éigean dó aghaidh a thabhairt ar thaobh
tíre a bhí i bhfad níos crochta ná an gleanntán
a bhí fágtha ina dhiaidh aige, é lán creigeacha
agus tor. Ní bheadh sé choíche in ann a bhealach
a dhéanamh tríd sa dorchadas. Níor thuras
éasca é fiú agus solas na gealaí ann – b'éigean
dó cromadh síos le dul faoi chraobhacha na
gcrann agus b'in ualaigh mhóra sneachta ag
titim anuas ar a dhroim agus á fhliuchadh go
craiceann. Gach uair a tharla sin, méadaíodh ar
an olc a bhí aige ina chroí do Peter, amhail is

gur ar Peter a bhí an locht.

Faoi dheireadh ama, tháinig sé amach ar thalamh cothrom, áit a raibh an gleann níos fairsinge. Agus chonaic sé, gar go maith dó ar an taobh thall den abhainn, Teach an Bhandraoi Bháin suite i lár machaire idir dhá chnoc. Bhí solas na gealaí níos gile ná riamh. Ní teach a bhí ann, le fírinne, ach caisleán beag. An té a bheadh ag amharc air, déarfadh sé nach raibh ann ach túir; túiríní beaga agus spuaiceanna ina mullach, gach ceann acu chomh géar le snáthaid. Ba chosúil iad leis na caipíní a chuirtí ar amadáin fadó, nó le hata draoi. Bhí loinnir orthu faoi sholas na gealaí agus b'ait leat na scáilí a bhí siad á gcaitheamh ar bharr an tsneachta. Bhí eagla ag teacht ar Edmund agus é ag amharc ar an Teach.

Ach bhí sé rómhall cuimhneamh ar dhul ar ais faoin am seo. Shiúil sé trasna na habhann reoite suas go doras an Tí. Ní raibh gíog ná míog as aon neach beo. A chosa féin, ní dhearna siad trup ar bith sa sneachta úr domhain. Shiúil sé thar choirnéal amháin agus thar choirnéal eile den teach. Chuir sé túirín i ndiaidh túirín de ag iarraidh teacht ar an bhealach isteach. B'éigean dó dul timpeall an Tí sular tháinig sé ar an áirse ollmhór agus na geataí móra iarainn ar leathadh.

Suas leis go faichilleach go dtí an áirse. D'amharc sé isteach sa chlós agus chonaic sé radharc a chuir a chroí ó bhualadh, nach mór. Díreach taobh istigh den gheata bhí solas na gealaí á chaitheamh ar leon mór millteanach, é cromtha síos amhail is go raibh sé ar tí léim a thabhairt. Sheas Edmund faoi scáil na háirse agus a dhá ghlúin ag bualadh ar a chéile. Ní ligfeadh an eagla dó dul chun tosaigh ná dul ar gcúl. Bhí a chár ag greadadh ar a chéile le méid a eagla, gan trácht ar an fhuacht. Níl a fhios agam cé chomh fada a d'fhan sé mar sin, ach dar le Edmund gur mhair sé ar feadh uaireanta fada an chloig. Faoi dheireadh ama, d'fhiafraigh sé de féin cad chuige a raibh an leon chomh socair sin, mar níor bhog sé oiread

agus orlach ón uair a leag sé súil air. Dhruid
Edmund rud beag níos gaire dó, oiread agus a
thiocfadh leis gan imeacht ó scáth na háirse. Ba
léir dó anois, ón áit a raibh an leon ina shuí,
nárbh airsean a bhí sé ag amharc. ('Ach cuir i
gcás go dtiontódh sé a cheann?' a smaoinigh
Edmund.) Bhí súile an leoin dírithe ar rud
eile ar fad – draoidín beag a bhí ina sheasamh
timpeall ceithre troithe ar shiúl agus a dhroim
leis an leon. 'Á!' a smaoinigh Edmund. 'Nuair
a léimfidh sé sa mhullach ar an draoidín beidh
deis agamsa éalú.' Ach fós féin níor bhog an
leon, ná an draoidín ach oiread. Ba ansin a
chuimhnigh Edmund ar rud a dúradh faoin
Bhandraoi Bhán, gur nós léi cloch a dhéanamh
de dhaoine. An féidir gur leon cloiche a bhí
ann? Níor luaithe a smaoinigh sé air sin ná gur
thug sé faoi deara go raibh clúdach sneachta ar
dhroim agus ar cheann an leoin. Dealbh a bhí
ann, go cinnte! Ní ligfeadh ainmhí ar bith beo
don sneachta a chorp a chlúdach mar sin. Fuair
sé uchtach dul a fhad leis an leon, go hiontach
mall agus a chroí ag bualadh mar a bheadh sé ar
tí pléascadh. Fiú anois, is ar éigean a ligfeadh
an eagla dó a lámh a leagan air. Ach rinne sé sin
faoi dheireadh, go gasta, agus níor mhothaigh
sé aon rud faoina mhéara ach cloch fhuar. Agus

a rá go raibh sé scanraithe ag dealbh!

Bhí oiread faoisimh ar Edmund gur théigh sé ó bharr a chinn go bun a chos, in ainneoin an fhuachta. Agus tháinig smaoineamh iontach taitneamhach isteach ina cheann ansin. 'Is dócha,' a smaoinigh sé, 'gurb é seo Áslan, an leon mór a raibh siad ag caint faoi. Fuair sí greim air agus rinne sí cloch de. Sin deireadh lena gcuid aislingí breátha mar gheall airsean! Huth! Cé a mbeadh eagla air roimh an Áslan céanna?'

Sheas sé os cionn an leoin chloiche amhail is go raibh gaisce éigin déanta aige féin. Ba é an deireadh a bhí air go ndearna sé rud a bhí leanbaí, amaideach amach is amach. Bhain sé smut de pheann luaidhe amach as a phóca agus tharraing croiméal ar liobar uachtarach an leoin agus spéaclaí ar a shúile. Dúirt sé, 'Há! A shean-Áslain bhómánta! An maith leat a bheith i do leon cloiche? Tusa a bhí chomh bródúil riamh.' Ach in ainneoin chuid scrioblála Edmund, bhí brón agus uaisleacht i ngnúis an ainmhí mhóir a chuirfeadh scáth ort agus é ag amharc suas ort i solas na gealaí. Ba bheag sult a bhain Edmund as a chuid magaidh. Thiontaigh sé agus d'imigh ag siúl trasna an chlóis.

Agus é i lár an chlóis, chonaic sé go raibh

dealbha ina ndosaenacha ar gach taobh de – iad ina seasamh anseo is ansiúd ar nós fir fichille ar chlár imeartha. Bhí Satairí cloiche ann, mic tíre cloiche, béir, madaidh rua agus cait fhiáine den chloch. Bhí dealbha maisiúla cloiche ann a raibh cosúlacht acu le mná ach nár mhná in aon chor iad, ach spioraid a bhí beo istigh i gcrainn, lá den saol. Bhí ceinteár mór millteanach ann agus capall eiteogach agus ainmhí fada lúfar ar dhóigh le Edmund gur dragún a bhí ann. B'aisteach an radharc iad ina seasamh ansin i solas fuar glé na gealaí, dealramh neacha beo orthu ach iad gan chor gan bhogadh. Bhí uaigneas ar Edmund agus é ag siúl trasna an chlóis. I gceartlár an chlóis bhí cruth ollmhór a raibh cosúlacht fir air ach a bhí chomh hard le crann. Bhí dreach confach ar a aghaidh agus smachtín mór ina lámh dheis. Bíodh is go raibh a fhios ag Edmund nach raibh ann ach fathach cloiche, bhí sé míshuaimhneach go maith agus é ag siúl thairis.

Chonaic sé fannsolas as doras ar an taobh thall den chlós. Chuaigh sé a fhad leis; bhí staighre cloiche ann suas go dtí an doras oscailte. Chuaigh Edmund suas na céimeanna. Bhí mac tíre mór millteanach ina luí ar an tairseach.

'Ní baol dom, ní baol dom,' a dúirt sé leis féin arís is arís eile. 'Níl ann ach mac tíre cloiche. Ní baol dom é,' agus d'ardaigh sé cos le céim a thabhairt thairis. Díreach leis sin, d'éirigh an bhrúid, an fionnadh ina sheasamh ar a dhroim. D'oscail sé a bhéal mór dearg agus dúirt de ghnúsacht:

'Cé atá ann? Cé atá ann? Fan san áit a bhfuil tú, a strainséir, agus inis dom cé tú féin.'

'Mura miste leat,' arsa Edmund, agus é chomh mór sin ar crith gur dheacair dó labhairt, 'Edmund an t-ainm atá orm. Is mise an Mac Ádhaimh a chas leis an Bhanríon sa choill an lá cheana. Tháinig mé le hinsint di go bhfuil mo dheartháir agus mo dheirfiúracha i Nairnia anois – gar go maith don áit seo, i dteach na mBéabhar. Bhí sí ag iarraidh – casadh leo.'

'Inseoidh mé é sin don Bhanríon,' arsa an Mac Tíre. 'Idir an dá linn, ná bog ón tairseach seo, más suim leat do bheo.' Agus, leis sin, d'imigh sé isteach sa teach.

D'fhan Edmund ina sheasamh ann, eanglach ina mhéara agus a chroí ag bualadh ina chliabh, go dtí gur fhill an Mac Tíre mór. Ba é a bhí ann ná Mógraim, Ceannfort Phóilíní Rúnda an Bhandraoi. Dúirt sé: 'Tar isteach! Tar isteach! Nach ortsa atá an t-ádh go bhfuil an Bhanríon chomh ceanúil sin ort? Nó b'fhéidir nach bhfuil ádh ar bith ort.'

Chuaigh Edmund isteach. Shiúil sé go han-aireach ar fad, ar eagla go seasfadh sé ar chrúba móra an Mhic Tíre.

Tharla i halla fada gruama é. Má bhí an clós amuigh lán dealbh bhí an halla seo lán colún. Is é a bhí sa cheann ba ghaire den doras ná Fánas beag a raibh dreach an-bhrónach ar a ghnúis, agus d'fhiafraigh Edmund de féin arbh fhéidir gur chara Lucy a bhí ann. Ní raibh de sholas ann ach lampa amháin a raibh an Bandraoi Bán ina suí taobh leis.

'Tháinig mé, a Bhanríon Uasal,' arsa Edmund, agus chuaigh sé ina láthair go deifreach.

'Agus fuair tú de chroí teacht i d'aonar?' arsa an Bandraoi de ghuth gránna. 'Nár inis mé duit an mhuintir eile a thabhairt leat?'

'Le do thoil, a Bhanríon Uasal,' arsa Edmund, 'rinne mé mo dhícheall. Thug mé iad go dtí áit nach bhfuil i bhfad ar shiúl as seo. Tá siad i dteach beag ar bharr an damba tamall suas an abhainn – le Máistir agus Máistreás Béabhar.'

Tháinig draothadh gáire cruálach ar aghaidh an Bhandraoi.

'Agus sin a bhfuil agat le hinsint dom?' a d'fhiafraigh sí.

'Ní hea, a Bhanríon Uasal,' arsa Edmund agus d'inis sé di gach ar chuala sé sular fhág sé teach na mBéabhar.

'Cad é! Áslan?' a scairt an Bhanríon. 'Áslan! An bhfuil sé seo fíor? Má fhaighim amach go bhfuil tú ag insint bréag dom –'

'Le do thoil, níl mé ach ag insint duit an méid a dúirt siadsan,' arsa Edmund go stadach.

Ach ní raibh aird ar bith ag an Bhanríon air níos mó. Bhuail sí a dhá bos ar a chéile agus siúd chucu an draoidín a bhí léi an chéad lá a chas Edmund leo.

'Déan réidh an carr sleamhnáin,' a d'ordaigh

an Bhanríon, 'agus tabhair leat an úim nach bhfuil cloigíní ar bith uirthi.

Na Geasa á Lagú

Is mithid dúinn filleadh ar Mháistir agus ar Mháistreás Béabhar agus ar an triúr páistí eile. Chomh luath agus a dúirt Máistir Béabhar, 'Níl bomaite féin le spáráil,' siúd gach duine ag tarraingt a chóta air féin, gach duine seachas Máistreás Béabhar a bhí ag cruinniú málaí agus á leagan ar an tábla. 'Anois, a Mháistir Béabhar,' a dúirt sí, 'tabhair anuas chugam an cheathrú mhuiceola sin. Agus seo paicéad tae agus mála siúcra agus roinnt cipíní solais. Agus faightear dom dhá nó trí cinn de na builíní aráin sin amach as an phróca sa chúinne thall.'

'Cad é faoin spéir atá tú a dhéanamh, a Mháistreás Béabhar?' a scairt Susan.

'Ag déanamh mála lóin do gach duine, a thaisce,' arsa Máistreás Béabhar go neamhbhuartha. 'Nó ar shíl tú go rachadh muid i gcionn an aistir gan greim bia againn?'

'Ach níl ár sáith ama againn!' arsa Susan agus í ag ceangal cnaipe i mbarr a cóta. 'D'fhéadfadh sí teacht sa mhullach orainn bomaite ar bith feasta.'

'Tá an ceart ar fad agat,' arsa Máistir Béabhar.

'Arú, bíodh ciall agaibh,' arsa a chéile. 'Smaoinigh air, a Mháistir Béabhar. Tá ceathrú uaire an chloig againn sula mbeidh sí anseo, ar a laghad.'

'Ach nárbh fhearr dúinn tosach maith a bheith againn uirthi,' arsa Peter, 'le go sroichfidh muid an Clár Cloiche roimpi?'

'Is ea, caithfidh tú cuimhneamh air sin, a Mháistreás Béabhar,' arsa Susan. 'A luaithe is a chífidh sí go bhfuil muidne ar shiúl, tiocfaidh sí ar cosa in airde inár ndiaidh.'

'Féadann tú a bheith cinnte de,' arsa

Máistreás Béabhar. 'Ach níl sé indéanta againn an áit a bhaint amach roimpi, is cuma cad é a dhéanfaidh muid, ise i gcarr sleamhnáin agus muidne ag siúl.'

'Mar sin de – nach bhfuil dóchas ar bith ann?' arsa Susan.

'Anois, ná bí ag déanamh imní, maith an cailín,' arsa Máistreás Béabhar, 'ach sín chugam leathdhosaen ciarsúr glan as an tarraiceán. Tá dóchas ann, dar ndóigh. Ní bheidh muid ann roimpi ach coinneoidh muid amach as a radharc agus rachaidh muid bealach éigin nach mbeidh sise ag dréim leis agus b'fhéidir go n-éireodh linn.'

'Is fíor duit, a Mháistreás Béabhar,' arsa a céile, 'ach is mithid dúinn a bheith ar shiúl.'

'Ná bí tusa ag déanamh imní ach oiread, a Mháistir Béabhar,' a dúirt sí féin. 'Anois, sin an dóigh. Tá cúig bheartán ar fad ann, an ceann is lú don té is lú inár measc: sin tusa, a thaisce,' a dúirt sí le Lucy.

'Ó, déan deifir, le do thoil,' arsa Lucy.

'Tá mé chóir a bheith réidh anois,' a d'fhreagair Máistreás Béabhar, agus lig sí do Mháistir Béabhar cuidiú léi a buataisí sneachta a tharraingt uirthi féin.

'Is dócha go bhfuil an t-inneall fuála róthrom

le tabhairt linn?'

'Féadann tú a bheith cinnte de,' arsa Máistir Béabhar. 'I bhfad róthrom. Nó ar shíl tú go dtiocfadh leat dreas beag oibre a dhéanamh le linn dúinn bheith ag teitheadh?'

'Téann sé go dtí an croí ionam smaoineamh ar an Bhandraoi Bhán a bheith ag útamáil leis, nó é a bhriseadh nó, níos dócha ná a mhalairt, é a ghoid.'

'Arú, as ucht Dé oraibh, déanaigí deifir!' arsa an triúr páistí. D'fhág siad an teach faoi dheireadh agus chuir Máistir Béabhar glas ar an doras ('Cuirfidh sé moill bheag uirthi,' a dúirt sé). D'imigh siad leo, gach duine agus a bheartán féin ar a ghualainn aige.

Ní raibh sé ag cur sneachta níos mó agus bhí an ghealach i ndiaidh nochtadh ar spéir na hoíche. Shiúil siad duine i ndiaidh a chéile, Máistir Béabhar chun tosaigh agus Lucy sna sála air, Peter ina ndiaidh agus Susan ina dhiaidh sin agus Máistreás Béabhar ar deireadh ar fad.

Threoraigh Máistir Béabhar iad trasna an damba amach ar bhruach deis na habhann. Ar aghaidh leo ansin ar chosán garbh a bhí buailte amach idir na crainn ar feadh bhruach na habhann, dhá thaobh an ghleanna go hard os a gcionn agus loinnir orthu i solas na gealaí.

'B'fhearr dúinn fanacht anseo ar an ísleacht, oiread agus is féidir,' a dúirt sé. 'Beidh uirthise fanacht ar an airdeacht, mar níl mórán maith i gcarr sleamhnáin thíos anseo.'

Ba dheas an radharc a bheadh ann don té a bheadh ag amharc air trí ghloine fuinneoige agus é ina shuí i gcathaoir uillinn chompordach; fiú agus rudaí mar a bhí, bhain Lucy sult as tús an aistir. Ach de réir mar a lean siad den siúl agus den síorshiúl, de réir mar a d'éirigh an sac a bhí á iompar aici níos troime agus níos troime, bhí imní ag teacht uirthi an mbeadh sí ábalta coinneáil suas ar chor ar bith. Stad sí de bheith ag féachaint ar ghile dhallraitheach na habhann reoite, ar na heasa seaca, ar bharra bána na gcrann, ar an ghealach mhór lonrach agus ar na réalta gan áireamh – ní fhaca sí aon ní ach cosa beaga gairide Mháistir Béabhar agus iad ag sodar go breá bog ar an sneachta amhail is nach stopfadh sé choíche. Chuaigh an ghealach as radharc ansin agus thosaigh sé a phlúchadh sneachta arís. Faoi dheireadh ama, bhí Lucy chomh tuirseach sin agus gur bheag nach ag suansiúl a bhí sí. Go tobann, thiontaigh Máistir Béabhar ar dheis, ar shiúl ó bhruach na habhann. Suas leo in éadan cnoic isteach i ndoimhneacht na dtor is na dtom. Nuair a bhí sí múscailte i gceart arís, chonaic sí Máistir Béabhar ag dul as radharc i bpoll beag a bhí istigh sa bhruach, poll nach bhfeicfeá i measc na dtor go dtí go mbeifeá beagnach sa mhullach air. Faoin am ar thuig sí cad é go díreach a bhí ag tarlú, ní raibh rian ar bith de le feiceáil ach a ruball beag díreach ag gobadh amach as an pholl.

Chrom Lucy síos agus chuaigh isteach ina dhiaidh. Chuala sí an streachailt agus an séideadh ar a cúl agus níorbh fhada go raibh an cúigear acu istigh.

'Cén cineál áite é seo?' a dúirt duine éigin. Guth Peter a bhí ann, guth tuirseach, mílítheach. (Tá súil agam go dtuigeann tú cad é atá i gceist agam le guth mílítheach.)

'Seanpholl atá ann a dtéann béabhair i bhfolach ann in am an ghátair,' arsa Máistir Béabhar. 'Níl a fhios ach ag fíorbheagán é a bheith ann. Ní áit róghalánta é, ach caithfidh muid cúpla uair an chloig codlata a fháil.'

'Ach ab é an flústar a bhí oraibh agus muid ag imeacht, bheadh cúisíní liom,' arsa Máistreás Béabhar.

Ní raibh sé baol ar bheith chomh deas le pluais Mháistir Tumnus, a smaoinigh Lucy – ní raibh ann ach poll sa talamh, ach bhí sé tirim, talmhaí. Lóistín iontach cúng a bhí ann, agus nuair a luigh siad síos, dar leat gur aon charn amháin éadaigh iad. Ach is iad a bhí te teolaí ina luí ansin i ndiaidh a gcuid siúil. Mór an trua nach raibh an t-urlár rud beag níos réidhe! Ansin, chuir Máistreás Béabhar flaigín thart agus d'ól gach duine a bhí sa phluais dhorcha braon as. Deoch a bhí ann a ghoin an scornach agus a bhain casacht bheag as gach duine. Ach théigh sé go maith iad agus thit néal ar gach duine acu in áit na mbonn.

Mhúscail Lucy agus dar léi nach ndeachaigh ach bomaite nó dhó thart, bíodh is gur chodail sí ar feadh uaireanta fada an chloig. Bhí sí rud beag fuar agus thar a bheith righin agus ba bhreá léi folcadh deas te a bheith aici. Mhothaigh sí ribí fada féasóige ag cuimilt dá grua agus chonaic sí solas i mbéal na huaimhe. Chuala sí tormán ansin a mhúscail i gceart í, í féin agus an mhuintir eile, a bhí ina suí suas díreach, a mbéal agus a súile ar leathadh agus iad ag éisteacht le tormán a bhí go mór ina gcuid smaointe le linn aistear na hoíche roimhe, chomh mór sin agus gur mheas siad anois is arís gur chuala siad é. Gliogar cloigíní a bhí ann.

Chomh luath agus a chuala Máistir Béabhar é, d'imigh sé ar luas lasrach amach as an phluais.

B'fhéidir go sílfeá, mar a shíl Lucy, gurbh amaideach an mhaise dó é, ach, le fírinne, is beart an-stuama a bhí ann. Thuig sé go dtiocfadh leis a bhealach a dhéanamh go barr an bhruaigh agus nach bhfeicfeadh aon duine é i measc na dtor agus na sceach. Bhí sé ag iarraidh a fháil amach cén treo a ndeachaigh carr sleamhnáin an Bhandraoi. D'fhan an mhuintir eile sa phluais, ag fanacht agus ag déanamh a gcuid smaointe. Mar sin dóibh ar feadh beagnach cúig bhomaite. B'in an uair a chuala siad rud a chuir critheagla orthu. Is amhlaidh a chuala siad guthanna. 'Ó,' a smaoinigh Lucy, 'chonacthas é. Rug sí air!' Ba mhór an t-iontas a bhí orthu, mar sin, nuair a chuala siad Máistir Béabhar ag glaoch orthu ó bhéal na huaimhe.

'Tá sé ceart go leor,' a scairt sé. 'Tar amach, a Mháistreás Béabhar. Tagaigí amach, a Chlann Ádhaimh agus Éabha. Tá sé ceart go leor! Ní Sise atá ann!' Ar ndóigh, tá sin mícheart ó thaobh na gramadaí de, ach sin mar a labhraíonn béabhair agus iad tógtha; béabhair Nairnia, tá mé a rá – ní gnách go mbíonn béabhair ag caint ar chor ar bith inár ndomhan féin.

Mar sin de, tháinig Máistreás Béabhar agus na páistí go hanásta amach as an phluais, ag caochadh a súl i solas an lae ghil, iad clúdaithe le cré, dreach mínéata míshlachtmhar amach is amach orthu agus an codladh fós ina súile.

'Goitse!' arsa Máistir Béabhar agus é mar a bheadh sé ag damhsa le méid a lúcháire. 'Goitse go bhfeice sibh! Seo drochbhuille don Bhandraoi! Is cosúil go bhfuil a cumhacht á lagú cheana féin.'

'Cad é seo atá tú a rá, a Mháistir Béabhar?' arsa Peter agus ga seá ann ó bheith ag streachailt suas taobh crochta an ghleanna i gcuideachta na ndaoine eile.

'Nár inis mé duit,' a d'fhreagair Máistir Béabhar, 'gur ordaigh sí an saol sa dóigh is go mbeadh sé ina gheimhreadh go síoraí gan an Nollaig a theacht choíche? Nár inis mé é sin duit? Bhuel, goitse go bhfeice tú é seo!'

Faoin am seo, bhí gach duine i ndiaidh an mullach a bhaint amach agus bhí radharc maith acu ar an rud a bhí ann.

Carr sleamhnáin a bhí ann, ceart go leor, agus is amhlaidh a bhí sí á tarraingt ag réinfhianna a raibh cloigíní ina n-úmacha. Ach bhí siad seo i bhfad níos mó ná réinfhianna an Bhandraoi agus ní bán a bhí siad, ach donn. Agus bhí fear ina shuí sa charr sleamhnáin nach raibh moill orthu é a aithint. Fathach fir a bhí ann, róba geal dearg air (chomh geal le caora cuilinn), cochall fionnaidh air agus féasóg mhór bhán anuas ar a ucht nach gcuirfeadh aon ní i gcuimhne duit ach cúr bán an easa. D'aithin gach duine é mar, cé gur i Nairnia amháin a leagtar súil ar a leithéid de dhuine, chítear pictiúirí díobh agus cluintear trácht orthu fiú inár ndomhan féin – an domhan ar an taobh abhus de dhoras an phriosa éadaigh. Ach is mór idir sin agus iad a fheiceáil i Nairnia le do shúile cinn féin. De réir cuid de na pictiúirí a chí muid sa domhan s'againne, níl i nDaidí na Nollag ach fear groí greannmhar. Ní mar sin a chonacthas do na páistí é agus é os a gcomhair amach. Bhí sé chomh mór sin, chomh suáilceach sin agus chomh fíor sin gur sheas siad roimhe go han-socair ar fad, iad sásta agus sollúnta in éineacht.

'Tháinig mé faoi dheireadh,' a dúirt sé. 'Choinnigh sí amach mé ar feadh i bhfad ach d'éalaigh mé isteach faoi dheireadh. Tá Áslan ar a bhealach. Tá draíocht an Bhandraoi á lagú.'

Agus mhothaigh Lucy mar a bheadh sruth sonais ina rith tríthi, an sonas sin nach mbíonn ar dhuine ach le linn dó a bheith socair, sollúnta.

'Agus tá sé in am,' arsa Daidí na Nollag, 'bhur gcuid bronntanas a thabhairt daoibh. Tá meaisín fuála ann duitse, a Mháistreás Béabhar, ceann úr atá níos fearr ná an seancheann.

Fágfaidh mé sa teach é agus mé ag dul thart.'

'Le do thoil, a dhuine uasail' arsa Máistir Béabhar agus é ag umhlú dó, 'tá glas ar an teach.'

'Is cuma liomsa glas nó bolta,' arsa Daidí na Nollag. 'Agus maidir leatsa, a Mháistir Béabhar, nuair a fhillfidh tú abhaile, chífidh tú go bhfuil críoch curtha ar an damba. Deisíodh é sa dóigh is nach mbeidh uisce ag teacht isteach in áit ar bith níos mó agus tá loc-chomhla nua curtha leis.'

Bhí oiread lúcháire ar Mháistir Béabhar nár fágadh focal aige, bíodh is go raibh a bhéal oscailte go han-leathan aige.

'A Peter, a Mhac Ádhaimh,' arsa Daidí na Nollag.

'Anseo, a dhuine uasail,' arsa Peter.

'Seo do chuidse bronntanas,' a d'fhreagair sé, 'agus ní bréagáin iad, ach uirlisí. Cá bhfios nach mbainfidh tú leas astu go luath. Úsáid go cliste iad.' Ar a rá sin dó, shín sé sciathán agus claíomh chuig Peter. Bhí dath an airgid ar an sciathán agus leon dearg ar a ingne deiridh greanta air – chomh dearg le sú talún aibí in am a bhainte. Ba den ór buí a rinneadh dorn an chlaímh. Bhí truaill leis agus crios agus gach trealamh is dual. D'oir sé do Peter ó thaobh méide agus meáchain. D'fhan Peter go suaimhneach sollúnta fad is a bhí na bronntanais seo á gcur ar fáil. Thuig sé gur bronntanais iad a raibh tábhacht agus tromchúis ag baint leo.

'A Susan, a Iníon Éabha,' arsa Daidí na Nollag. 'Is duitse iad seo,' agus shín sé chuici bogha agus saighead agus adharc bheag eabhair. 'Cuirim de gheasa ort gan an bogha a úsáid ach in uair an éigin,' a dúirt sé, 'nó ní mian liom go rachfá féin sa chath. Is annamh nach mbuaileann an tsaighead seo a sprioc. Chomh maith leis sin, nuair a chuirfidh tú an adharc seo le do bhéal agus í a shéideadh, tiocfaidh cuidiú de chineál éigin chugaibh, is cuma cén áit a mbeidh sibh.'

Agus, ar deireadh, dúirt sé, 'A Lucy, a Iníon Éabha,' agus dhruid sí isteach níos gaire dó. Thug sé di buidéal beag a raibh an chosúlacht air gur den ghloine é (cé gur mhaígh daoine eile ina dhiaidh sin gur den diamant é) agus miodóg bheag. 'Is é atá sa bhuidéal ná íocshláinte a rinneadh de shú ceann de na bláthanna tine a fhásann i measc shléibhte na gréine. Má ghortaítear tú féin nó duine ar bith de do chairde, leigheasfaidh braon nó dhó den íocshláinte iad. Tá an mhiodóg ann le go mbeidh tú in ann tú féin a chosaint in uair an éigin, mar níl tusa le dul sa chath ach oiread.'

'Cad chuige sin, a dhuine uasail?' arsa Lucy. 'Tá barúil agam – níl a fhios agam – ach measaim nach dteipfeadh ar mo mhisneach.'

'Ní hé sin é,' arsa seisean, 'ach is gránna an cath a mbíonn mná ag troid ann. Ach anois' – agus, go tobann, d'imigh an dreach sollúnta dá ghnúis – 'seo rud beag don am i láthair!' Bhain sé tráidire amach (is dócha gur as mála mór a bhí taobh thiar de a bhain sé é, cé nach bhfaca aon duine é á dhéanamh) a raibh cúig chupán agus sásar air, babhla lán cnapán siúcra, crúiscín uachtair agus taephota breá te. Scairt sé ansin, 'Nollaig shona! Go maire an Rí ceart!' Bhuail sé an fhuip agus as go brách leis féin, na réinfhianna agus an carr sleamhnáin.

Bhain Peter an claíomh as an truaill agus bhí sé á thaispeáint do Mháistir Béabhar nuair a dúirt Máistreás Béabhar:

'Seo! Seo! Ná bígí i bhur seasamh ansin ag caint agus an tae ag éirí fuar orainn. Goitse agus cuidígí liom an tráidire a iompar síos le go mbeidh bricfeasta againn. Mór an gar gur chuimhnigh mise scian aráin a thabhairt liom.'

Síos leo ar thaobh crochta an ghleanna gur fhill siad ar an uaimh. Rinne Máistreás Béabhar ceapairí liamháis agus chuir Máistir Béabhar an tae amach. Bhí an chuideachta go léir go sultmhar sásta agus mhairfeadh siad mar sin i bhfad eile murar dhúirt Máistir Béabhar, 'Is mithid dúinn bheith ag imeacht.'

CAIBIDIL A hAON DÉAG

Áslan ar na Gaobhair

Le linn an ama seo, bhí ag éirí go hiontach olc le Edmund. Nuair a d'imigh an draoidín chun an carr sleamhnáin a dhéanamh réidh, shíl Edmund go mbeadh an Bandraoi cineálta leis arís, díreach mar a bhí an uair dheireanach a chas siad lena chéile. Ach ní raibh gíog ná míog aisti siúd. Faoi dheireadh, nuair a fuair Edmund de mhisneach a rá léi: 'Le do thoil, a Bhanríon Uasal, an dtiocfadh liom Milseán Turcach a bheith agam? Gheall – gheall tú –' d'fhreagair sí mar seo é, 'Bí i do thost, a amadáin!' Tháinig cuma uirthi ansin go ndearna sí athchomhairle agus dúirt sí, faoi mar a bheadh sí ag caint léi féin, 'Agus mar sin féin, ní dhéanfadh sé maith ar bith dá dtitfeadh an dailtín i laige agus muid ar an bhealach.' Bhuail sí a dhá bos ar a chéile agus tháinig draoidín eile i láthair.

'Tabhair greim bia agus braon le hól don neach daonna,' arsa sise. D'imigh an draoidín. Tháinig sé ar ais ar ball le babhla iarainn a raibh

uisce ann agus pláta iarainn a raibh canta arán tur air. Rinne sé draothadh gáire gránna agus leag na soithí ar an urlár in aice le Edmund. Dúirt sé:

'Milseán Turcach don Phrionsa beag, Há! Há! Há!'

'Tabhair as mo radharc é,' arsa Edmund go dúranta. 'Níl mé ag iarraidh arán tur.' Ach, leis sin, thiontaigh an Bandraoi air agus dreach chomh millteanach sin ar a gnúis gur ghabh sé a leithscéal agus thosaigh ag piocadh leis ar an arán, bíodh is go raibh sé chomh crua sin gur dheacair é a shlogadh siar.

'B'fhéidir go mbeifeá buíoch as sin a fháil faoin am a mblaisfidh tú arán arís,' arsa an Bandraoi.

Fad is a bhí Edmund ag cogaint leis, tháinig an chéad draoidín ar ais agus d'fhógair go raibh an carr sleamhnáin réidh. D'éirigh an Bandraoi Bán, chuaigh amach agus d'ordaigh d'Edmund teacht léi. Bhí sé ag cur sneachta arís agus iad amuigh sa chlós, ach níor chuir sise suim ar bith ann. Chuir sí Edmund ina shuí taobh léi sa charr sleamhnáin ach, sular imigh siad, ghlaoigh sí ar Mhógraim. Tháinig seisean chuici de rúid mar a bheadh madadh mór millteanach ann.

'Tabhair leat na mic tíre is gasta dá bhfuil agat agus téigh go Teach na mBéabhar,' arsa an Bandraoi, 'agus maraigh gach a bhfaighidh tú ann. Má tá siad imithe cheana féin, téigh go dtí an Clár Cloiche chomh tiubh géar agus a thig leat agus ná feiceadh aon duine sibh. Fan liomsa ansin in áit folaigh éigin. Idir an dá linn, caithfidh mise taisteal na mílte fada isteach san Iarthar le go dtiocfaidh mé ar áit a dtig liom an abhainn a thrasnú ann. Seans go dtiocfaidh tú ar na neacha daonna seo sula sroichfidh siad féin an Clár Cloiche. Má thagann, tá a fhios agat cad é atá le déanamh!'

'Déanfar do thoil, a Bhanríon,' a dúirt an Mac Tíre de ghnúsacht agus d'imigh ar cosa in airde isteach sa sneachta agus an dorchadas. Ghlaoigh sé ar mhac tíre eile agus níorbh fhada go raibh siad ar an damba, ag smúrthacht thart fá theach na mBéabhar. Dar ndóigh, ní bhfuair siad rompu ach teach folamh. Bhí an t-ádh ar na Béabhair agus ar na páistí gur bhris ar an aimsir mar, murach é sin, bheadh na mic tíre ábalta a lorg a leanstan agus, níos dóiche ná a mhalairt, thiocfadh siad ar na taistealaithe sula mbainfeadh siad an uaimh amach. Ach bhí sé ag cur sneachta anois agus níor fhan a mboladh ar an aer. Fiú lorg a gcos, bhí siad clúdaithe le sneachta.

Lena linn seo, d'imir an draoidín a fhuip ar na réinfhianna agus thiomáin an Bandraoi an carr faoin áirse isteach sa dorchadas agus san fhuacht, agus Edmund léi. Ba mhillteanach an turas d'Edmund é agus é gan cóta féin aige. Ní raibh siad ceathrú uaire ar an bhealach sula raibh a thosach uilig clúdaithe le sneachta. Chroith sé a chorp anois is arís ach d'éirigh sé as i ndiaidh tamaill, mar bhí sé tuirseach agus níor luaithe a bhí an sneachta curtha de ná go raibh ualach úr anuas air. Ba ghairid go raibh sé fliuch go craiceann. A thiarcais ó, ba é a bhí tromchroíoch! Ní raibh cosúlacht ar bith air anois go ndéanfadh an Bandraoi Rí de. Na rudaí a dúirt sí leis le go sílfeadh sé gur duine deas cineálta í, agus gurb é a taobh féin taobh an chirt, dar leis nach raibh iontu ach cur i gcéill. B'fhearr leis ná cuid mhór a bheith i gcuideachta na bpáistí eile anois, fiú agus Peter ann! Ní raibh de shólás aige anois ach a ligean air féin gur brionglóid a bhí ann agus go músclódh sé bomaite ar bith feasta. Agus de réir mar a bhí siad ag dul ar aghaidh, gach uair an chloig i ndiaidh a chéile, ba mhó a chonacthas dó gur brionglóid a bhí ann dáiríre.

Mhair seo níos faide ná mar a d'fhéadfainn cur síos air fiú dá líonfainn carn leathanach leis. Mar sin de, tosóidh mé arís le bánú an lae, an uair a stad sé de bheith ag cur sneachta. Threabhaigh siad leo i solas na maidine gan fuaim ar bith ina gcluasa ach slis-sleais síoraí an tsneachta agus úmacha na réinfhianna ag gliúrascnach. Faoi dheireadh, dúirt an Bandraoi, 'Cad é seo? Stop!' agus stop siad.

Bhí Edmund ag súil go ndéarfadh sí rud éigin faoin bhricfeasta! Ach is amhlaidh a stop sí ar chúis eile ar fad. Píosa beag ar shiúl uathu bhí cuideachta shúgach ina suí ag bun crainn: madadh crainn agus a chéile, a gclann siúd, beirt satar, draoidín agus sean-sionnach fireann agus iad uilig ina suí ar stólta timpeall an tábla. Ní raibh Edmund ábalta a dhéanamh amach cén bia a bhí ar an tábla ach bhí boladh breá air. Bhí an tábla maisithe le cuileann agus bhí Edmund beagnach cinnte go bhfaca sé císte rísíní ann. Sa bhomaite a stop an carr sleamhnáin, d'éirigh an Sionnach, a bhí ar an té ba shine dá raibh sa chuideachta, agus gloine ina chrúb dheis. Bhí gach cosúlacht air go raibh sé ar tí rud éigin a rá ach, nuair a chonaic siad an carr sleamhnáin agus an té a bhí inti, d'imigh an siamsa ó ghnúis gach duine sa chuideachta. Bhí an chuma ar athair na madadh crann gur reoite a bhí sé, a fhorc leath bealaigh suas go dtí a bhéal aige. Bhí an forc istigh ina bhéal ag duine de na satair, agus is mar sin a d'fhan sé i rith an ama. Chuaigh na madaidh chrainn óga ag bíogarnach le scanradh.

'Cad é seo?' a d'fhiafraigh an Bandraoi. Freagra ní bhfuair sí.

'Labhraígí, a scata suarachán!' a dúirt sí, 'nó arbh fhearr libh go mbainfeadh fuip an draoidín freagra asaibh? Cad é is ciall leis an chraos seo, an ainmheasarthacht, an biaiste seo? Cá bhfuair sibh na rudaí seo go léir?'

'Le do thoil, a Bhanríon Uasal,' arsa an Sionnach, 'is amhlaidh a tugadh dúinn iad. Agus b'fhéidir go gceadófá dom sláinte na Banríona a ól –'

'Cé a thug daoibh iad?' arsa an Bandraoi.

'D-D-Daidí na Nollag,' arsa an Sionnach, go stadach.

'Cad é?' a bhéic an Bandraoi agus thug sí léim amach as an charr sleamhnáin i dtreo na n-ainmhithe scanraithe. 'Ná habair gur tháinig seisean an bealach seo! Ní fhéadfadh sé sin a bheith fíor! Agus tá sé de dhánacht agaibhse – ach, ní hea. Admhaigh gur inis tú bréag agus tabharfaidh mé maithiúnas daoibh go léir.'

Thug ceann de na madaidh chrainn óga freagra dána air sin, cibé tallann a bhuail é.

'Bhí sé anseo – bhí – bhí!' a dúirt sé de ghlór beag caol agus a spúnóg bheag á bualadh ar an tábla aige.

Chonaic Edmund beola an Bhandraoi á dteannadh agus deoir amháin fola á nochtadh ar a grua bán. Thóg sí a slat draíochta in airde ansin.

'Ó, ná déan. Le do thoil, ná déan,' a scairt Edmund ach le linn dó a bheith ag impí uirthi chroith sí an tslat agus, mar a bhuailfeá do dhá bhos ar a chéile, rinne sí dealbha den chuideachta shúgach go léir (ina measc bhí dealbh d'ainmhí a raibh forc ardaithe leath bealaigh go dtí a bhéal aige), iad suite timpeall ar thábla cloiche a raibh plátaí cloiche agus císte rísíní cloiche leagtha air.

Chuaigh an Bandraoi isteach sa charr sleamhnáin arís. 'Agus maidir leatsa,' a dúirt sí agus thug buille trom san aghaidh d'Edmund, 'b'fhéidir go múinfeadh sin duit gan ceathrú anama a iarraidh do spiairí agus d'fhealltóirí. Tiomáin leat!' B'in an uair, an chéad uair sa scéal seo, a mhothaigh Edmund trua do dhuine diomaite de féin. Ba mhór an díol trua iad na dealbha beaga cloiche úd, a bheadh ina seasamh ansin ar feadh na laethanta ciúine agus ar feadh

na n-oícheanta dorcha go léir, bliain i ndiaidh bliana, go dtí go bhfásfadh an caonach orthu agus go dtí go gcreimfí an chloch féin.

Ach b'in iad ag treabhadh rompu arís. Ní fada gur thug Edmund faoi deara go raibh an sneachta a bhí ag splaiseáil le taobh an chairr sleamhnáin níos fliche ná mar a bhí an oíche roimhe. Agus ní raibh sé féin leath chomh fuar agus a bhí. Rud eile, bhí an lá ag éirí ceomhar. Go deimhin, bhí sé ag éirí níos ceomhaire agus níos teo ar feadh an ama. Ní raibh gluaiseacht an chairr sleamhnáin baol ar chomh héasca agus a bhí go dtí sin. I dtús báire, shíl Edmund go gcaithfeadh tuirse a bheith ar na réinfhianna ach ba ghairid gur thuig sé nárbh é sin ba chúis leis. Bhí gach uile sciorradh, sracadh agus luascadh á bhaint as an charr sleamhnáin, amhail is gur ag bualadh i gcoinne cloch a bhí sí. Agus ba chuma cé chomh crua is a d'oibir an draoidín an fhuip ar na réinfhianna, bhí an carr sleamhnáin ag éirí níos moille agus níos moille. Bhí fuaim bheag aisteach le cluinstin ar gach taobh díobh, ach ní raibh Edmund in ann a dhéanamh amach cad é go díreach a bhí ann thar bhéicíl an draoidín agus é ag iarraidh na réinfhianna a spreagadh. Go tobann, chuaigh an carr sleamhnáin i bhfostú chomh daingean sin is nach mbogfadh sí oiread agus orlach níos mó. Bhí bomaite tosta ann lena linn sin agus, faoi dheireadh, chuala Edmund an fhuaim eile úd mar is ceart. Fuaim bhinn aisteach a bhí ann – siosarnach agus sioscadh – ach ní raibh sé chomh haisteach sin nár chuala sé cheana í, dá dtiocfadh leis cuimhneamh air! Agus, díreach mar sin, tháinig an chuimhne chuige. Fuaim uisce reatha a bhí ann. Cé nach raibh radharc díreach aige orthu bhí srutháin uisce ag gach taobh díobh, ag caismirt, ag drantán, ag plobarnach agus ag splaiseáil. Fiú amháin gur chuala sé búireach tréansrutha áit éigin i bhfad ar shiúl. Léim an croí istigh ina chliabh (cé go mba dheacair dó a rá cén fáth) nuair a thuig sé go raibh ré an tsiocáin thart. B'in braonta uisce ag titim de na craobhacha fá ghiota de. D'amharc sé ar chrann agus chonaic ualach mór sneachta ag titim de agus, den chéad uair ó tháinig sé go Nairnia, chonaic sé coirt dúghlas an chrainn ghiúise. Ach níor thráth éisteachta ná breathnóireachta a bhí ann, mar dúirt an Bandraoi:

'Ná suigh ansin ag stánadh, a bhrealláin! Éirigh agus bí ag cuidiú.'

Dar ndóigh, b'éigean d'Edmund géilleadh di. Amach leis sa sneachta – a bhí ina phlobar faoin am seo – gur thosaigh sé a chuidiú leis an draoidín an carr sleamhnáin a bhaint as an pholl phludach a ndeachaigh sí isteach ann. D'éirigh leo faoi dheireadh agus chuaigh an draoidín chomh dian sin ar na réinfhianna bochta gur bhog an carr. Thiomáin siad leo tamaillín eile ach bhí coscairt ann faoin am seo agus an féar glas á nochtadh i ngach treo baill. Duine ar bith nach bhfaca oiread sneachta agus a chonaic Edmund le tamall, ba dheacair dó a thuiscint cad é an faoiseamh a bhí air paistí glasa a fheiceáil arís san áit nach raibh ann ach bán, bán, bán. Ansin, stop an carr sleamhnáin arís.

'Ní fiú a bheith leis, a Bhanríon,' arsa an draoidín. 'Tá an carr sleamhnáin ó mhaith ó tháinig an choscairt.

'Siúlfaidh muid, mar sin,' arsa an Bandraoi.

'Ní thiocfaidh muid aníos leo choíche agus muid ag siúl,' a dúirt an draoidín de ghnúsacht. 'Tá tosach maith acu orainn.'

'An sclábhaí thú nó comhairleoir?' arsa an Bandraoi. 'Déan mar a ordaítear duit. Ceangail lámha an neach dhaonna taobh thiar dá dhroim agus coinnigh greim ar dheireadh na téide. Agus tabhair leat an fhuip. Gearr úmacha na réinfhianna; déanfaidh siad a mbealach féin abhaile.'

Rinne an draoidín mar a ordaíodh dó agus, i gcionn bomaite nó dhó, bhí Edmund á bhrú chun siúil aige. Shiúil sé chomh gasta agus a thiocfadh leis agus a dhá láimh ceangailte taobh thiar de. Shleamhnaigh sé arís is arís eile sa phlobar agus san fhéar fhliuch agus, gach uair a thit sé, chuaigh an draoidín a mhallachtach air. Fiú amháin gur thug sé lasc beag den fhuip dó, uair nó dhó. Shiúil an Bandraoi taobh thiar den draoidín agus í ag síor-rá, 'Gasta! Gasta!'

Bhí na paistí glasa ag dul i méad de réir mar a bhí na paistí sneachta ag dul i laghad. Ní dheachaigh bomaite thart nár chaith crann a róba sneachta de. San áit nach mbíodh ann ach cruthanna bána, bhí coirt dhúghlas na gcrann giúise le feiceáil, nó craobhacha dubha deilgneacha na gcrann darach, na gcrann feá

agus na gcrann leamháin. An dath bán a bhí ar an cheo, d'iompaigh sé ina dhath órbhuí agus níorbh fhada ina dhiaidh sin gur scaip an ceo ar fad. Bhí gathanna galánta solais ag lonrú ar urlár na foraoise agus bhí spéir ghorm le feiceáil idir barra na gcrann.

Agus níorbh é sin deireadh na n-iontas. Go tobann, tháinig siad isteach ar réiteach a raibh crainn bheithe gheala ann agus chonaic Edmund go raibh brat bláthanna beaga buí ar an talamh – bláthanna a dtugtar 'réaltáin órga' orthu. Bhí trup an uisce ag éirí níos airde ar feadh an ama. I ndiaidh tamaill, b'éigean dóibh sruthán a thrasnú agus, ar an taobh thall den sruthán, bhí plúiríní sneachta ag fás.

Nuair a chonaic sé mar a chuir Edmund sonrú sna bláthanna, tharraing an draoidín an téad go cruálach. 'Tabhair aire do do ghnóthaí féin!' a bhagair sé.

Dar ndóigh, ní fhéadfadh sin Edmund a chosc ó

bheith ag féachaint thart. Cúig bhomaite ina dhiaidh sin, chonaic sé dosaen crócas ag bun seanchrainn – dathanna órga, corcra agus bán orthu. Ansin chuala sé fuaim a bhí níos taitneamhaí ná fuaim an uisce féin. Ar chraobh a bhí gar don chosán a raibh siad ag siúl air, lig éan bícearnach as. Éan eile a bhí níos faide ar shiúl, chuaigh sé a sclogaíl mar fhreagra air sin. Ansin, faoi mar a tugadh comhartha éigin, bhí scolgarnach is giolcaireacht le cluinstin i ngach aon bhall. Thosaigh an ceiliúradh ansin agus, taobh istigh de chúig bhomaite, bhí aer na foraoise beo le ceol na n-éan. Gach uile áit ar amharc sé, chonaic Edmund éin ag tuirlingt ar chraobh nó ag eitilt os a chionn nó ag rásaíocht a chéile nó ag bruíon lena chéile nó ag cur snas ar a gcuid cleiteacha lena ngoba.

'Gasta! Gasta!' a dúirt an Bandraoi.

Ní raibh rian ar bith den cheo ann faoin am seo. Bhí an spéir ag éirí níos goirme de réir a chéile go dtí nach raibh ann ach scamaill bheaga bhána a théadh ag sciorradh trasna ó am go ham. Istigh ar na réitigh, bhí sabhaircíní ag fás. D'éirigh gaoth bhog a raibh braoiníní ó na craobhacha measctha tríd agus ba mhilis agus b'fhionnuar an chumhracht a shéid sí ar aghaidh Edmund. Tháinig beocht sna crainn – clúdach glas ar na learóga agus ar na beitheanna agus clúdach óir ar na labarnaim. Tháinig duilliúr fíneálta trédhearcach ar na crainn bheithe agus shiúil na taistealaithe sa solas glas a bhí á chaitheamh ar an talamh faoi bhun na gcraobh. Sheol beach rompu ar an chosán agus gach uile dhordán aici.

Sheas an draoidín go tobann agus dúirt, 'Ní coscairt ar bith é seo. Is é an t-earrach atá ann. Cad é a dhéanfaidh muid anois? Tá an geimhreadh ar lár, deirim leat! Áslan is cúis leis seo.'

'Má luann ceachtar agaibh an t-ainm sin arís,' arsa an Bandraoi, 'cuirfear chun báis láithreach é.'

Céad Chath Peter

Le linn an chomhrá sin idir an Draoidín agus an Bandraoi Bán, in áit i bhfad ar shiúl, bhí na Béabhair agus na páistí i ndiaidh a bheith ag siúl ar feadh na n-uaireanta fada. Dar leo gur brionglóid álainn a bhí sa saol nua seo. Is fada ó d'fhág siad a gcuid cótaí ina ndiaidh agus níor bhac siad níos mó le rá lena chéile, 'Féach! Cruidín, atá ann!' nó 'Iontach! Méaracáin ghorma!' nó 'Cad é an boladh galánta sin?' nó 'Éistigí le ceol an smólaigh!' Shiúil siad leo gan focal a rá, ag sú isteach an aoibhnis a bhí thart orthu, ag imeacht trí bhláir oscailte a bhí á dtéamh ag solas na gréine, ag dul isteach i ndoirí fionnuaire glasa agus ag teacht amach arís ar réitigh leathana a bhí faoi bhrat caonaigh, áit ina raibh craobhacha na gcrann ard leamháin fite ina chéile mar a bheadh díon duilliúir os a gcionn, nó ag treabhadh trí chúinní den fhoraois a raibh na cuiríní ag fás go dlúth is go rábach iontu nó ag siúl i measc na gcrann sceiche mar a raibh boladh milis thar meon.

Ach oiread le Edmund, b'iontach leo mar a d'imigh an geimhreadh agus mar a ghluais an fhoraois ó Eanáir go Bealtaine taobh istigh de chúpla uair an chloig. Ní raibh a fhios acu go rómhaith (cé go raibh a fhios ag an Bhandraoi) gurb é seo an rud a tharlódh nuair a thiocfadh Áslan go Nairnia. Ach bhí a fhios acu gurbh iad a cuid geasróg siúd ba chúis leis an gheimhreadh fhada; mar sin de, comhartha a bhí san earrach míorúilteach seo go raibh lúb ar lár i bpleananna an Bhandraoi. Agus nuair a mhair an choscairt tamall measartha, thuig siad nach mbeadh an Bandraoi in ann taisteal sa charr sleamhnáin níos mó. Ní dhearna siad a oiread céanna deifre ina dhiaidh sin. Bhí níos mó sosanna acu agus mhair na sosanna sin ní b'fhaide.

Dar ndóigh, bhí tuirse orthu faoin am seo, ach ní déarfainn go raibh siad marbh tuirseach amach is amach. Is amhlaidh a bhí siad mall, aislingeach agus suaimhneach ina gcroí istigh, mar a bhíonn daoine i ndeireadh lá fada amuigh faoin aer. Is ea, agus bhí spuaic bheag ar shál Susan.

Ní raibh siad ag leanstan chúrsa na habhann móire níos mó, nó b'éigean dóibh tiontú ar dheis de bheagán (is é sin le rá, dul ó dheas ar feadh píosa) chun an Clár Cloiche a bhaint amach. Fiú mura mbeadh orthu dul ar mhalairt treo, ní fhéadfadh siad leanstan orthu ag siúl cois abhann ó tháinig an choscairt. Bhí tuile san abhainn mar gheall ar an sneachta leáite – tuile thorannach, ghlórach bhuí – agus ní fada go mbeadh an cosán faoi uisce.

Faoin am seo, bhí an ghrian go híseal sa spéir. Bhí imir dhearg ar an solas, bhí scáileanna fada á gcaitheamh ar an talamh agus bhí na bláthanna ar tí druidim. 'Ní bheidh muid i bhfad eile,' arsa Máistir Béabhar agus é dá dtreorú suas cnoc a bhí faoi bhrat domhain caonaigh a bhí deas bog faoi chosa na dtaistealaithe tuirseacha. Bhí a n-anáil i mbéal a ngoib acu agus iad ag dreapadh leo i ndiaidh lá fada siúil. Shíl Lucy go mb'fhéidir nach mbainfeadh sí an mullach amach gan sos fada eile ach, díreach leis sin, bhí siad ar bharr an chnoic. Agus seo an radharc a bhí amach rompu.

Ar bhlár glas a bhí siad agus radharc fairsing acu ar an fhoraois i ngach aon treo seachas díreach rompu. I bhfad ar shiúl, i dtreo an Oirthir, chonaic siad rud éigin a raibh an solas ag drithliú air agus a bhí, dar leo, ag bogadh.

'Dar fia!' a dúirt Peter i gcogar le Susan. 'An

fharraige! Is ar bharr an chnoic, i gceartlár an bhláir, a bhí an Clár Cloiche. Ba é a bhí ann ná leac mhór ghruama suite ar cheithre cinn de chlocha seasta. Bhí an chuma air go raibh sé ann chomh fada siar agus atá siar ann; bhí línte agus fíoracha diamhaire greanta ann a chuirfeadh teanga aineoil éigin i gcuimhne duit. B'aisteach an greim a fuair sé orthu agus iad ag amharc air. An chéad rud eile a chonaic siad ná puball mór a bhí i gcúinne den bhlár. B'iontach an puball é – go háirithe faoi sholas fhuineadh na gréine. Ba den síoda buí taobhanna an phubaill, de réir mar a thiocfadh leis na páistí a dhéanamh amach – iad feistithe le téada cródhearga agus le pionnaí eabhair. Ar chuaille go hard os cionn an phubaill bhí bratach ar foluain sa ghaoth bhog ón fharraige. Bhí leon dearg greanta ar an bhratach agus é ar a ingne deiridh. Le linn dóibh a bheith ag amharc air sin chuala siad ceol ar thaobh na láimhe deise. Thiontaigh siad an treo sin agus chonaic an té ar tháinig siad ar a lorg.

Bhí Áslan istigh i lár scata ainmhithe a bhí bailithe i leathchiorcal timpeall air. Bhí Crannbhéithe agus Tobarbhéithe (Driada agus Náiada na hainmneacha a bhí orthu seo inár ndomhan féin, tráth dá raibh) ann a raibh

téaduirlisí acu; iadsan a bhí ag seinm ceoil.
Bhí ceathrar ceinteár mhóra ann fosta. An leath
sin dá gcorp a bhí ar dhéanamh capaill, ní
chuirfeadh sé aon ní i gcuimhne duit ach capall
mór millteanach a dhéanfadh obair feirme. An
leath díobh a bhí ar dhéanamh fir, ní chuirfeadh
sé aon ní i gcuimhne duit ach fathach a raibh
dúrantacht agus áilleacht ina ghnúis.

Bhí Aonbheannach ann i gcuideachta na
cuideachta, tarbh a raibh cloigeann fir air,
peileacán, iolar agus Madadh ollmhór. Taobh le
hÁslan bhí dhá liopard, ceann díobh a d'iompair
coróin Áslain agus ceann eile a d'iompair an
meirge.

Ach maidir le hÁslan féin, ní raibh a fhios ag
na Béabhair ná ag na páistí cad é ba chóir dóibh
a rá ná a dhéanamh agus iad ina láthair. Daoine
nach raibh i Nairnia riamh, deir siad corruair
nach dtig le rud a bheith maith agus scáfar in
éineacht. Má bhí an mhíthuiscint sin ar na páistí
roimhe sin ní raibh sí ag cur as dóibh níos mó.
Am ar bith a chaith siad súil ar aghaidh Áslain
ní bhfuair siad ach spléachadh ar a mhoing órga
agus ar na súile ríoga, sollúnta, coscracha sin.
Tháinig crith cos is lámh orthu agus ní raibh sé
de mhisneach acu amharc air.

'Gabh tusa,' arsa Máistir Béabhar, i

gcogar.

'Ní rachaidh,' arsa Peter, 'gabh tusa romhamsa.' Bhí seisean ag cogarnach fosta.

'Ní fhóirfeadh sé sin,' a d'fhreagair Máistir Béabhar gan a ghlór a ardú. 'Tá tús áite ag Clann Ádhaimh ar ainmhithe.'

'Susan,' arsa Peter agus ag cogarnach i gcónaí. 'An rachaidh tusa? Na mná ar dtús.'

'Ní rachaidh,' arsa Susan. 'Tusa an té is sine.' Agus dar ndóigh, de réir mar a bhí sé seo ag dul ar aghaidh, ba mhó a d'éirigh siad míchompordach. Faoi dheireadh thiar thall, thuig Peter go gcaithfeadh sé féin an beart a dhéanamh. Bhain sé amach a chlaíomh, thóg in airde é i modh cúirtéise agus dúirt leis na páistí eile, 'Goitse. Faighigí greim oraibh féin.' Leis sin, chuaigh sé i láthair an Leoin agus dúirt:

'Tháinig muid – a Áslain.'

'Is é do bheatha, a Peter, a Mhac Ádhaimh,' arsa Áslan.

'Is é bhur mbeatha, a Susan agus a Lucy, a Iníonacha Éabha. Is é bhur mbeatha, a Mháistir Béabhar agus a Mháistreás Béabhar.'

Labhair sé de ghuth domhain trom a chuir ar a suaimhneas iad, ar dhóigh éigin. Tháinig sonas agus suaimhneas orthu agus níor mhothaigh siad ciotach ina seasamh ansin agus iad ina dtost.

'Ach cá bhfuil an ceathrú duine uaim?' a d'fhiafraigh Áslan.

'Shíl sé feall a dhéanamh orthu agus chuaigh sé ionsar an Bhandraoi Bhán, a Áslain,' arsa Máistir Béabhar.

Spreag rud éigin Peter chun a rá, 'Ormsa atá cuid den locht, a Áslain. Bhí mé i bhfeirg leis, agus sílim gur chuir sé sin i dtreo an oilc é.'

Níor dhúirt Áslan aon ní le maithiúnas a thabhairt do Peter, ná níor cháin sé é ach oiread. D'fhan sé ina sheasamh agus na súile móra buana sin dírithe ar Peter. Agus tuigeadh do gach duine nach raibh rud ar bith eile le rá faoi.

'Le do thoil, a Áslain,' arsa Lucy, 'an dtig rud ar bith a dhéanamh le Edmund a shábháil?'

'Déanfar gach iarracht,' arsa Áslan. 'Ach seans go mbeidh sé níos deacra ná mar a mheasann sibh.' Agus d'fhan sé ina thost go ceann tamaill eile. Ba é a bhí ar intinn Lucy go dtí sin ná cé chomh huasal, láidir agus síochánta a bhí aghaidh Áslain; nocht smaoineamh ina haigne ansin go raibh brón ina ghnúis chomh maith. Ach níor mhair an brón ach bomaite. Chroith an Leon a mhoing agus bhuail a dhá chrúb ar a chéile ('Crúba millteanacha,' a smaoinigh Lucy, 'ach ab é go dtarraingíonn sé a chuid ingne isteach!') agus dúirt,

'Idir an dá linn, déantar an féasta a réiteach. A bhantracht, tugaigí an bheirt iníon Éabha seo isteach sa phuball agus déanaigí freastal orthu.'

Nuair a bhí na cailíní imithe, leag Áslan crúb – agus ba throm an crúb é, bíodh na hingne tarraingthe siar aige nó ná bíodh – ar ghualainn Peter agus dúirt, 'Tar liom, a Mhac Ádhaimh agus taispeánfaidh mé duit caisleán i bhfad uainn, áit a mbeidh tusa i do Rí.'

Chuaigh Peter, agus a chlaíomh ina láimh aige, i gcuideachta an Leoin go dtí imeall thoir an chnoic. B'álainn an radharc é agus an ghrian ag dul faoi taobh thiar díobh. Bhí an taobh tíre thíos fúthu báite i solas dheireadh an tráthnóna – foraois, cnoic agus gleannta agus íochtar na habhann móire á casadh is á lúbadh mar a bheadh nathair ghealchraicneach ann. Agus, níos faide i gcéin, bhí an fharraige agus an spéir os a cionn breac le scamaill a raibh dath bándearg ag teacht iontu de réir mar a bhí an ghrian ag dul faoi. Ag béal na habhann móire, san áit ar tháinig tír agus muir le chéile, bhí cnoc beag le feiceáil agus rud éigin ar bharr an chnoic a raibh loinnir air. Caisleán a bhí ann agus bhí an solas á chaitheamh ar na fuinneoga a raibh a n-aghaidh leis an ghrian, ach dar le Peter nach raibh de shamhail dó ach réalta mhór a bhí luite ar an chladach.

'Amach romhat, a Dhuine,' arsa Áslan, 'tá Cathair Paraivéil na gceithre ríchathaoir agus suífidh tusa i gceann acu sin i do Rí. Tá mé á thaispeáint duit toisc gur tusa sinsear na clainne agus gur tusa a bheidh i d'Ard-Rí ar an mhuintir eile.'

Níor dhúirt Peter rud ar bith an t-am seo ach oiread mar, díreach ar an bhomaite sin, chualathas tormán aisteach a bhí cosúil le buabhall á shéideadh ach go raibh sé níos doimhne ná sin.

'Siúd í an adharc a thug mé do do dheirfiúr,' arsa Áslan le Peter de ghuth íseal; chomh híseal sin agus gur gheall le crónán é, mura bhfuil sé dímheasúil crónán a chur i leith leoin.

Ghlac sé bomaite ar Peter an scéal a thuiscint. Níor thuig sé go dtí go bhfaca sé na hainmhithe eile ag dul chun tosaigh agus gur chuala sé Áslan ag rá, 'Seasaigí siar! Lig don Phrionsa clú gaiscígh a thuilleamh.' D'imigh Peter ina sheanrith i dtreo an phubaill. B'uafásach an radharc a bhí roimhe ann.

Bhí na Náiada agus na Driada á scaipeadh sna ceithre hairde. Bhí Lucy ag teacht chuige agus í ag rith chomh gasta agus a bhí ina corp beag, a haghaidh chomh bán le páipéar. Chonaic sé Susan ag tabhairt rúid ar chrann agus ag dreapadh suas ann chun éalú ar bhrúid mhór liath. Ar dtús, shíl Peter gur béar a bhí ann. Shíl sé ina dhiaidh sin go raibh cosúlacht madadh Alsáiseach air, bíodh is go raibh sé i bhfad rómhór le bheith ina mhadadh. B'in an uair a thuig sé gur mac tíre a bhí ann – mac tíre ina sheasamh suas ar na cosa deiridh, a chosa tosaigh ag scríobadh an chrainn agus é ag drannadh is ag nochtadh a cháir. Ní raibh ribe ar bith ar a dhroim nach raibh ina cholgsheasamh. Níor éirigh le Susan dul níos airde ná an dara craobh mhór. Bhí cos amháin léi faoi orlach nó dhó de bhéal an mhic tíre. Ní raibh Peter ábalta a dhéanamh amach cad chuige nach ndeachaigh sí níos faide suas nó cad chuige nach bhfuair sí greim níos fearr ar an chraobh; thuig sé ansin go raibh sí ar tí titim i laige agus, dá dtitfeadh, gur ag cosa an mhic tíre a thuirlingeodh sí.

Ní hé gur mhothaigh Peter thar a bheith cróga; go deimhin, shíl sé go raibh sé ag dul a chaitheamh amach. Ach níor athraigh sin an rud a bhí le déanamh aige. Rith sé a fhad leis an bhrúid agus thóg amas, ag féachaint lena chlaíomh a shá ina thaobh. Ach tháinig an mac tíre slán ar an ionsaí. Thiontaigh sé ar luas lasrach, faghairt ina shúile, agus lig uaill feirge as a bhéal leathan. Bhí a oiread sin feirge air go gcaithfeadh sé uaill a ligean. Murach sin, bheadh greim sceadamáin faighte aige ar Peter sa bhomaite. Faoi mar a tharla – agus cuimhnigh gur thit na rudaí seo amach chomh gasta sin nach raibh faill mhachnaimh ann – bhí a sháith ama ag Peter cromadh síos agus an claíomh a shá isteach idir cosa tosaigh na brúide. Chuir sé a neart uilig ann, agus chuaigh an claíomh go croí an mhic tíre. Is deacair cur síos ar ar tharla díreach ina dhiaidh sin. Bhí gach rud tríd a chéile, mar a bhíonn i dtromluí. Bhí Peter ag streachailt agus ag tarraingt agus gan a fhios aige cé acu a bhí an mac tíre beo nó marbh. Mhothaigh sé fiacla an mhic tíre ag bualadh i gcoinne chlár a éadain agus níor mhothaigh sé a dhath ach fuil agus teas agus fionnadh. Ba léir dó i ndiaidh tamaill gur mharbh a bhí an bhrúid, agus tharraing sé a chlaíomh amach as an chorp. D'éirigh sé lena dhroim a shíneadh agus an t-allas a ghlanadh dá aghaidh agus dá shúile. Ba é a bhí tuirseach, traochta.

Thuirling Susan den chrann ar ball beag. Bhí sí féin agus Peter ar bhall amháin creatha agus bheinn ag insint bréag duit dá ndéarfainn nár thug siad póg dá chéile agus nár caoineadh deoir. I Nairnia, tuigtear nach náire do dhuine é sin.

'Gasta! Gasta!' a scairt Áslan. 'Sibhse, na ceinteáir! Sibhse, na hiolair! Chím mac tíre eile ansin i measc na ndriseacha. Sin é – taobh thiar díbh. D'imigh sé leis ina rith. Gabhaigí sa tóir air, gach aon duine agaibh. Fillfidh sé ar a mháistreás. Seo bhur seans le teacht ar an Bhandraoi agus an ceathrú Mac Ádhaimh a scaoileadh saor.' Níor luaithe sin ráite gur chualathas tormán tréan crúb agus sciathán agus gur imigh dáréag de na neacha ba ghasta dá raibh ann de rúid isteach i modarsholas an tráthnóna.

Bhí a anáil i mbéal a ghoib ag Peter go fóill. Thiontaigh sé agus chonaic Áslan in aice láimhe.

'Rinne tú dearmad ar do chlaíomh a ghlanadh,' arsa Áslan.

B'fhíor dó é. Tháinig luisne i ngrua Peter nuair a chonaic sé fuil agus fionnadh an mhic tíre ar an lann gheal. Chrom sé síos, ghlan an claíomh san fhéar agus thriomaigh lena chóta féin é.

'Sín chugam é agus téigh síos ar do ghlúine, a Mhac Ádhaimh,' arsa Áslan. Rinne Peter sin agus thug Áslan buille beag de bhos an chlaímh dá ghualainn agus dúirt, 'Éirigh suas, a Ridire Peter, Fuath na bhFaolchon. Agus cibé rud a thitfidh amach, ná déan dearmad choíche do chlaíomh a ghlanadh.'

Draíocht Dhomhain ó Thús Aimsire

Tá sé in am dúinn filleadh ar Edmund. I ndiaidh di tabhairt air siúl níos faide ná mar a shíl sé a d'fhéadfadh duine a shiúl, stop an Bandraoi faoi dheireadh i ngleann dorcha a raibh crainn ghiúise agus crainn iúir go dlúth ar gach taobh de. Chaith Edmund é féin síos láithreach bonn agus luigh béal faoi ar an talamh. Ba chuma leis cad é a thitfeadh amach, fad is a ligfeadh siad dó luí. Bhí sé chomh tuirseach sin nár thug sé faoi deara go raibh ocras agus tart air fosta. Chuala sé an Bandraoi agus an draoidín ag cogarnach le chéile in aice láimhe.

'Tá mise ag rá leat a Bhanríon,' arsa an draoidín, 'ní fiú a bheith leis. Is cinnte gur bhain siad an Clár Cloiche amach faoin am seo.'

'B'fhéidir go bhfaigheadh an Mac Tíre ár mboladh anseo agus go dtiocfadh sé le scéala chugainn,' arsa an Bandraoi.

'Fiú dá dtiocfadh, ní dea-scéal a bheidh ann,' arsa an draoidín.

'Ceithre ríchathaoir i gCathair Paraivéil,' arsa an Bandraoi. 'Cuir i gcás nach líonfaí ach trí cinn díobh sin? Dá mba amhlaidh a bheadh, ní thiocfadh an tuar faoin tairngreacht choíche.'

'Cad é an difear a dhéanfadh sé sin ó tháinig Seisean?' arsa an draoidín. Ní raibh sé d'uchtach aige, fiú anois, ainm Áslain a lua lena mháistreás.

'Seans nach bhfanfaidh sé i bhfad. Agus ansin – maróidh muid féin an triúr i gCathair Paraivéil.'

'Mar sin féin,' arsa an draoidín, 'b'fhéidir gurbh fhearr greim a choinneáil ar an ruidín seo (agus thug sé cic d'Edmund) le go mbeidh muid in ann margadh a dhéanamh leo.'

'Preit! É a choinneáil sa dóigh is go dtabharfaidh siadsan tarrtháil air,' arsa an Bandraoi go dímheasúil.

'Más mar sin é,' arsa an Draoidín, 'tá sé chomh maith againn an rud atá le déanamh againn a dhéanamh láithreach.'

'Is mian liom go ndéanfar ag an Chlár Cloiche é,' arsa an Bandraoi. 'Mar is cóir. Is ann a dhéantaí riamh go dtí seo é.'

'Ní go ceann i bhfad a bhainfear an úsáid cheart as an Chlár Cloiche arís,' arsa an Draoidín.

'Is fíor é sin,' arsa an Bandraoi. Dúirt sí ina dhiaidh sin, 'Tosóidh mise, ar scor ar bith.'

Ar an bhomaite sin tháinig Mac Tíre ina rith chucu agus é ag drannadh.

'Chonaic mé iad. Tá siad uilig cruinn ag an Chlár Cloiche, agus Eisean leo. Mharaigh siad mo cheannfort, Mógraim. Bhí mise i bhfolach sna driseacha agus chonaic mé deireadh. Duine de Chlann Ádhaimh a mharaigh é. Teithimis anois! Caithfidh muid teitheadh!'

'Ní theithfidh,' arsa an Bandraoi. 'Níl feidhm ar bith orainn teitheadh. Imigh leat go gasta. Abair lenár gcuid daoine go léir casadh liom anseo chomh luath agus a thig leo. Glaoigh amach ar na fathaigh agus na conriochtaí agus spioraid na gcrann siúd atá ar mhaithe linn. Glaoigh amach ar na Gúil, na Taibhsí, na Gruagaigh agus na Míonótáir. Glaoigh amach ar na Cruálaithe, ar na Cailleacha agus ar lucht na mBeacán Bearaigh. Rachaidh muid chun comhraic. Cad chuige nach rachadh? Nach bhfuil an tslat draíochta agam i gcónaí? Nach mbeidh mé in ann cloch a dhéanamh de shluaite an namhad fiú agus iad ag teacht inár gcomhair? Imigh leat go gasta, tá gnó beag le cur i gcrích agam anseo fad is a bheidh tú ar shiúl.'

D'umhlaigh an bhrúid mhór a cheann, thiontaigh agus d'imigh ar cosa in airde.

'Anois!' arsa an Bandraoi. 'Cad é a dhéanfaidh muid gan tábla? Is ea, cuirfidh muid le crann é.'

Fuarthas greim ar Edmund ansin agus tarraingíodh suas ar a chosa é. Ansin, chuir an draoidín ina sheasamh é agus a dhroim le crann agus chuir ceangal dlúth air. Bhain an Bandraoi a forbhrat di féin agus chonaic Edmund an dath bán mílítheach a bhí ar a lámha. Go deimhin, bhí sé chomh dorcha faoi scáth na gcrann nach raibh sé in ann mórán eile a fheiceáil ach lámha bána an Bhandraoi.

'Déan réidh an t-íobartach,' arsa an Bandraoi. D'oscail an Draoidín coiléar Edmund agus thiontaigh muineál a léine siar. Fuair sé greim ar ghruaig Edmund ansin agus tharraing a chloigeann siar sa dóigh is gurbh éigean d'Edmund a smig a ardú. Chuala Edmund fuaim aisteach ansin – bhuis – bhuis – bhuis. Ní raibh barúil aige i dtosach cad é a bhí ann ach d'aithin sé an fhuaim faoi dheireadh. Is é a bhí ann ná faobhar á chur ar scian.

Díreach leis sin chuala sé scairteadh is screadach i ngach treo baill – tuargain na gcrúb agus na sciathán á bualadh. Lig an Bandraoi scread aisti agus bhí sé ina holam halam ar

gach taobh de. Mhothaigh sé duine éigin á scaoileadh saor as na ceangail a bhí air. Bhí sé lámha láidre thart air agus guthanna móra cineálta ag rá rudaí mar seo –

'Lig dó luí síos – tabhair braon fíona dó – ól é seo – go réidh anois – beidh tú i gceart i gceann bomaite.'

Ansin chuala sé guthanna daoine nach raibh ag caint leisean ar chor ar bith, ach lena chéile. Dúirt siad rudaí mar, 'Cé a fuair greim ar an Bhandraoi?' – 'Shíl mise gur tusa a fuair greim uirthi.' 'Ní fhaca mé í ó leag mé an scian as a láimh – chuaigh mise sa tóir ar an draoidín – an bhfuil tú ag rá liom gur éalaigh sí?' 'Ní thig le duine gach uile chúram a fhreastal – cad é a deir tú? Ó, mo leithscéal, níl ann ach bun seanchrainn!'

I ndiaidh tamaill, tháinig na ceinteáir agus
na haonbheannaigh agus carrianna agus na héin
(is é sin le rá, an dream ar ordaigh Áslan dóibh
tarrtháil a thabhairt ar Edmund i ndeireadh
na caibidle roimhe seo), tháinig siad i gceann
a chéile agus d'imigh siad leo ar ais chun an
Chláir Chloiche, agus Edmund ar iompar acu.
Ach dá bhfeicfeadh siad an rud a tharla sa
ghleann i ndiaidh dóibh imeacht, measaim go
mbeadh a sáith iontais orthu.

Oíche an-socair a bhí ann agus bhí solas
breá ar an ghealach. Dá mbeifeá ann an t-am
sin, chífeá solas na gealaí ag lonrú ar bhun
seanchrainn agus ar charraig a bhí measartha
mór. Ach dá mbeifeá fada go leor ag amharc
orthu, thosófá a chur amhrais sa charraig agus
i mbun an tseanchrainn agus déarfá leat féin
go raibh an bun crainn thar a bheith cosúil le
feairín beag ramhar a bheadh cromtha síos ar
an talamh. Agus dá mbeifeá ag féachaint orthu
tamall eile, chífeá an bun crainn ag siúl a fhad
leis an charraig agus an charraig ag éirí ina suí
ag déanamh a comhrá leis an bhun crainn. Mar
ba é a bhí iontu – bun an tseanchrainn agus
an charraig araon – ná an Bandraoi agus an
draoidín i mbréagriocht. Bhí sé de bhua ag an

Bhandraoi a rogha cuma a chur ar rudaí seachas a gcuma dhílis féin agus bhí sé de ghliceas aici é sin a dhéanamh nuair a leagadh an scian as a láimh. Choinnigh sí greim ar an tslat draíochta, áfach; níor bhaol di í sin a chailleadh.

Nuair a mhúscail na páistí eile an mhaidin dár gcionn (chodail siad ar charn cúisíní istigh sa phuball), ba é an chéad rud a chuala siad – Máistreás Béabhar a d'inis dóibh é – gur scaoileadh saor a ndeartháir agus gur tugadh chun an champa é go mall san oíche agus go raibh sé anois i gcuideachta Áslain. A luaithe is a d'ith siad a mbricfeasta, agus drúcht na maidine fós ar an fhéar, chuaigh siad amach as an phuball agus chonaic siad Áslan agus Edmund ag siúl le chéile ar leataobh. Ní gá a insint duit cad é go díreach a dúirt Áslan (ní hé gur chuala aon duine é, ach oiread) ach comhrá a bhí ann nach ndéanfadh Edmund dearmad de choíche. Nuair a tháinig na páistí eile i leith, chas Áslan timpeall agus chuaigh ina n-araicis, agus Edmund lena shála.

'Tá bhur ndeartháir anseo,' a dúirt sé, 'agus – ná labhraímis níos mó faoin am atá thart.'

Chroith Edmund lámh le gach duine acu agus dúirt le gach duine i ndiaidh a chéile, 'Tá brón orm,' agus ba é a dúirt gach duine acu,

'Maith go leor.' Agus ba mhian le gach duine acu rud éigin a rá a thaispeánfadh go soiléir dó go raibh siad mór leis arís – gnáthfhocal nádúrtha éigin – ach, dar ndóigh, ní raibh aon duine ábalta cuimhneamh ar an fhocal cheart. Mhothódh siad ciotach go leor dá mairfeadh an tost i bhfad, ach, go hádhúil, tháinig liopard faoi dhéin Áslain le scéala.

'A Thiarna, tá teachtaire ó champa na namhad ag iarraidh cead cainte leat.'

'Lig dó teacht i láthair,' arsa Áslan.

D'imigh an liopard. D'fhill sé go luath ina dhiaidh sin agus draoidín an Bhandraoi leis.

'Cén scéala atá leat, a Mhic na Talún?' a d'fhiafraigh Áslan.

'Tá Banríon Nairnia, Banimpire na nOileán Aonair, ag iarraidh coimirce le teacht chun cainte leat,' arsa an draoidín, 'maidir le gnó éigin atá le bhur leas araon.'

'Banríon Nairnia, leoga!' arsa Máistir Béabhar. 'A leithéid d'éirí in airde –'

'Go réidh, a Bhéabhair,' arsa Áslan. 'Ní fada go mbeidh a ainm dílis féin ag gach duine arís. Idir an dá linn, ná bímis ag troid mar gheall air. Inis do do mháistreás, a Mhic na Talún, go bhféadann sí teacht ar mo choimirce ar an choinníoll go bhfágann sí a slat draíochta ag an chrann mhór darach úd.'

Géilleadh don choinníoll sin agus d'imigh an dá liopard i gcuideachta an draoidín le déanamh cinnte go gcloífeadh an Bandraoi leis an socrú. 'Ach cuir i gcás go ndéanfadh sí cloch den dá liopard?' arsa Lucy i gcogar le Peter. Creidim gur rith an smaoineamh céanna leis na liopaird féin mar bhí a gcuid fionnaidh ina cholgsheasamh ar a ndroim ag imeacht dóibh agus bhí a rubaill in airde acu mar a bhíonn ruball cait nuair a chí sé madadh.

'Beidh sé ceart go leor,' a d'fhreagair Peter i gcogar. 'Ní chuirfeadh Áslan ar teachtaireacht iad dá mbeadh contúirt ann.'

Bomaite nó dhó ina dhiaidh sin, shiúil an Bandraoi féin isteach ar an bhlár agus sheas os comhair Áslain. An triúr páistí nár leag súil uirthi cheana, chuaigh deann tríothu nuair a chonaic siad a haghaidh; agus chuaigh na hainmhithe ar fad a bhí i láthair a dhrannadh go híseal. Go tobann, tháinig fuacht ar gach duine, bíodh is go raibh an ghrian ag taitneamh. De réir cosúlachta, ní raibh ach beirt ann a bhí ar a suaimhneas, Áslan agus an Bandraoi. B'aisteach an rud é an dá ghnúis sin a fheiceáil taobh le taobh – gnúis órbhuí agus gnúis a bhí chomh bán le gnúis corpáin. Thug Máistreás Béabhar

faoi deara nár amharc an Bandraoi díreach
isteach sna súile ar Áslan.

'Tá fealltóir i do chuideachta anseo, a Áslain,'
arsa an Bandraoi. Dar ndóigh, bhí a fhios ag
gach duine gur Edmund a bhí i gceist aici. Ach
bhí Edmund réidh le bheith ag smaoineamh air
féin an t-am ar fad, i ndiaidh ar fhulaing sé agus
i ndiaidh an chomhrá a bhí aige an mhaidin sin.
Choinnigh sé a shúile ar Áslan agus ba chuma
leis cad é a déarfadh an Bandraoi.

'Bhuel,' arsa Áslan. 'Má rinne sé míghníomh,
ní ortsa a rinne sé é.'

'An amhlaidh a rinne tú dearmad den Draíocht
Dhomhain?' a d'fhiafraigh an Bandraoi.

'Cuirimis i gcás go ndearna,' a d'fhreagair
Áslan go dúranta. 'Inis dom faoin Draíocht
Dhomhain seo.'

'A insint duitse, an ea?' arsa an Bandraoi de
ghuth géar. 'An mian leat go n-inseoinn duit an
rud atá scríofa ar an Chlár Cloiche úd amach
romhainn? Go n-inseoinn duit an rud atá
gearrtha go domhain sna Clocha Tine ar Chnoc
na Rún? Go n-inseoinn duit an rud atá greanta ar
Shlat Ríoga an Impire Thar Lear? Is eol duit, go
cinnte, an draíocht a cheap an tImpire i Nairnia
i dtús ama. Is eol duit go ndlitear domsa anam
gach fealltóra agus go bhfuil cead agam duine

a mharú i ndíol ar gach feall.'

'Ó,' arsa Máistir Béabhar. 'Sin an rud a chuir i do cheann gur banríon thú – bhí tú i do chrochadóir ag an Impire, is cosúil.'

'Go réidh, a Bhéabhair,' arsa Áslan de dhrannadh íseal.

'Agus, mar sin de,' arsa an Bandraoi, 'is liomsa an neach daonna sin. Liomsa a anam. Liomsa a chuid fola.'

Bhí Tarbh i láthair a raibh cloigeann fir air. Dúirt sé de ghuth mór láidir, 'Mo dhúshlán fút é a thabhairt leat.'

'Amadán,' arsa an Bandraoi de ghuth a bhí idir a bheith ina gháire agus ina dhrannadh. 'An measann tú go dtig le do mháistir mo cheart a bhaint díom de láimh láidir? Tá tuiscint níos fearr ná sin aige ar an Draíocht Dhomhain. Tá a fhios aige go bhfuil cearta fola agam de réir an Dlí. Mura bhfaighidh mé mo cheart, titfidh Nairnia ar lár agus scriosfar i dtine agus in uisce é.'

'Is fíor é sin,' arsa Áslan. 'Ní shéanaim é.'

'Ó, a Áslain!' a dúirt Susan de chogar i gcluas an Leoin. 'Nach dtig linn – is é sin, ní dhéanfaidh tú é, an ndéanfaidh? Nach bhfuil aon seift ann a sháródh an Draíocht Dhomhain?'

'Draíocht an Impire a shárú?' arsa Áslan, ag

179

amharc ar Susan agus iarracht de ghruaim ina ghnúis. Agus níor mhol aon duine a leithéid dó an dara huair.

Bhí Edmund ina sheasamh ar an taobh eile d'Áslan, agus é ag amharc ar aghaidh Áslain ar feadh an ama. Dar leis go dtachtfadh sé agus bhí fonn air rud éigin a rá; ach thuig sé ansin nach rabhthas ag súil leis aon ní a dhéanamh ach fanacht agus déanamh de réir mar a d'ordófaí dó.

'Seasaigí siar, gach duine agaibh,' arsa Áslan, 'go labhróidh mé leis an Bhandraoi i m'aonar.'

Rinne siad mar a iarradh orthu. Ghoill sé go mór orthu bheith ag fanacht agus ag déanamh a gcuid smaointe fad is a bhí an Leon agus an Bandraoi ag caint le chéile go sollúnta is go ciúin. 'Ó, a Edmund!' arsa Lucy agus bhris a gol uirthi. Sheas Peter agus a dhroim leis an mhuintir eile ag amharc amach ar an fharraige i gcéin. Bhí na Béabhair ina seasamh agus greim lapa acu ar a chéile, a gcloigne crom. Bhuail na ceinteáir a gcrúba ar an talamh le tréan míshuaimhnis. I ndiaidh tamaill, áfach, bhí gach uile dhuine chomh socair agus chomh ciúin sin go gcluinfeá an trup is lú ar bith, fiú bumbóg ar eiteog nó éin na foraoise thíos sa ghleann nó sioscadh na gaoithe i nduilliúr na gcrann. Agus fós féin lean

Áslan agus an Bandraoi dá gcomhrá beirte.

Faoi dheireadh, chuala siad glór Áslain. 'Tagaigí ar ais,' a dúirt siad. 'Tá an gnó socraithe agam. Níl sí ag éileamh fhuil do dhearthár níos mó.' Leis sin, bhris tonn faoisimh ó thaobh go taobh an chnoic, faoi mar a bheadh gach duine ag coinneáil a anála istigh agus go raibh deis acu anois a scamhóga a líonadh agus a gcomhrá a dhéanamh.

Bhí an Bandraoi ar tí imeacht, dreach fiata lúcháire ar a gnúis, ach stop sí agus dúirt,

'Ach cá bhfios dom go gcomhlíonfar an gheallúint?'

'Á-á-rg!' a bhéic Áslan, agus d'éirigh sé beagán as a ríchathaoir. D'oscail sé a chraos agus lig a sheanbhéic as. Sheas an Bandraoi ar feadh leathbhomaite, í ag stánadh ar an Leon agus a béal oscailte. Thóg sí suas a sciorta ansin, agus rith an méid a bhí ina corp.

Lámh in Uachtar ag an Bhandraoi

A luaithe is a bhí an Bandraoi imithe, dúirt Áslan, 'Caithfidh muid imeacht as an áit seo láithreach bonn, nó beidh úsáid eile le baint as. Déanfaidh muid campa anocht ag Áth Bheiriúna.'

Dar ndóigh, bhí gach duine ar bís le fiafraí de cén socrú a rinne sé leis an Bhandraoi; ach bhí dreach dúranta air agus bhí ceol i gcluasa gach uile dhuine i ndiaidh na béice úd. Mar sin de, ní raibh sé de mhisneach ag aon duine an cheist a chur.

D'ith siad béile amuigh faoin aer ansin ar bharr an chnoic (mar bhí teas na gréine i ndiaidh drúcht na maidine a thriomú). Bhain siad an puball as a chéile ansin agus phacáil siad a gcuid málaí. Chuaigh siad i gceann an aistir tamall roimh a dó a chlog, ag siúl soir ó thuaidh go breá bog, mar ní turas fada a bhí ann.

Le linn an chéad chuid den turas, mhínigh Áslan a chuid beartaíochta do Peter. 'Chomh luath agus a bheidh a cuid oibre curtha i gcrích aici san áit seo,' a dúirt sé, 'is rídhócha go bhfillfidh sí féin agus a lucht leanúna ar a Teach féin chun déanamh réidh i gcomhair léigir. Ní fios an mbeidh tú in ann teacht roimpi agus í a chosc ar an Teach a bhaint amach.' Leag sé dhá phlean catha amach ansin – plean amháin a bhí le húsáid i gcás go gcuirfí cath ar fhórsaí an Bhandraoi istigh san fhoraois agus plean eile a bhí le húsáid i gcás go n-ionsófaí a caisleán féin. Ar feadh an ama, mhínigh sé do Peter conas an plean a chur i gcrích, agus dúirt rudaí mar, 'Caithfidh tú na Ceinteáir a chur ina leithéid seo d'áit' nó 'Cuir daoine amach ar faire, féachaint chuige nach ndéanfaidh sí seo nó siúd,' go dtí faoi dheireadh gur dhúirt Peter, 'Ach beidh tú féin ann, a Áslain.'

'Ní thig liom gealltanas a thabhairt duit faoi sin,' a d'fhreagair an Leon agus lean sé air ag tabhairt treoracha do Peter.

Susan agus Lucy ba mhó a bhí i gcuideachta Áslain sa chuid eile den turas. Níor dhúirt sé mórán agus chonacthas dóibh go raibh sé fíor-thromchroíoch.

Bhí sé fós ina thráthnóna nuair a tháinig siad go dtí áit inar leathnaigh an gleann amach. Bhí an abhainn féin leathan anseo, ach ní raibh an t-uisce domhain. Ba é seo Áth Bheiriúna agus d'ordaigh Áslan dóibh stopadh ar an taobh abhus den abhainn. Ach dúirt Peter,

'Nárbh fhearr an campa a bheith ar an taobh thall – ar eagla go ndéanfadh sí ionsaí orainn le linn na hoíche nó a leithéid?'

Ach, de réir cosúlachta, ní air sin a bhí Áslan ag smaoineamh. Chroith sé a mhoing mhór mhaorga agus dúirt, 'Hmm? Cad é a dúirt tú?' Chuaigh Peter siar ar an rud a bhí ráite aige.

'Ní hea,' a dúirt Áslan gan mórán brí ina ghlór, amhail is gur ceist gan tábhacht é. 'Ní dhéanfaidh sí ionsaí ar bith anocht.' Lig sé osna dhomhain. Ansin, dúirt sé, 'Mar sin féin, is maith thú a chuimhnigh air. Sin mar is dual do shaighdiúir bheith ag smaoineamh. Ach is beag an tábhacht é.' Mar sin de, thosaigh siad ar obair an champa.

Chuaigh gruaim Áslain i gcion ar gach duine an tráthnóna sin. Bhí imní ar Peter go mbeadh air cath a throid ina aonar; baineadh stangadh as nuair a chuala sé gurbh fhéidir nach mbeadh Áslan lena thaobh. Ba go tostach a d'ith siad suipéar an oíche sin. Bhí gach duine ag smaoineamh ar an difear idir an t-am i láthair agus an oíche aréir, nó fiú maidin an lae sin. Bhí sé mar a bheadh uair an tsonais ag teacht chun deiridh gan í a bheith ann ach seal beag gearr.

Ghoill sé chomh mór sin ar Susan nár chodail sí néal i ndiaidh di dul a luí. Mhair sí tamall fada ag tiontú ó thaobh go taobh agus ag iarraidh í féin a mhealladh chun codlata. Faoi dheireadh, lig Lucy osna fhada, thiontaigh agus luigh in aice a deirfiúr sa dorchadas.

'Nach dtig leatsa codladh ach oiread?' arsa Susan,

'Ní thig,' arsa Lucy. 'Shíl mé tusa a bheith i do chodladh. Déarfaidh mé seo leat, a Susan.'

'Cad é?'

'Tá cineál d'eagla orm – amhail is go bhfuil drochrud i ndán dúinn.'

'An bhfuil? Bhuel, leis an fhírinne a dhéanamh, tá eagla ormsa fosta.'

'Tá baint aige le hÁslan,' arsa Lucy. 'Tarlóidh rud éigin uafásach dósan. Sin nó déanfaidh seisean rud éigin uafásach.'

'Bhí gruaim air an tráthnóna ar fad,' arsa Susan. 'Lucy! Cad chuige ar dhúirt sé go mb'fhéidir nach mbeadh sé linn sa chath? Do bharúil go bhfuil sé ag smaoineamh ar éalú uainn anocht?'

'Cá bhfuil sé anois?' arsa Lucy. 'An bhfuil sé anseo sa phuball?'

'Ní shílim é.'

'Rachaidh muid amach, a Susan, agus caithfidh muid súil thart. B'fhéidir go bhfeicfeadh muid é.'

'Ceart go leor. Déanfaidh muid sin,' arsa Susan; 'tá sé chomh maith againn sin a dhéanamh agus a bheith inár luí anseo gan codladh.'

Rinne an bheirt chailíní a mbealach trí na daoine a bhí spréite ar an talamh agus d'imigh as an phuball go ciúin. Bhí solas breá ar an ghealach agus bhí gach rud go socair suaimhneach. Ní raibh le cluinstin ach sioscadh uisce na habhann ar na clocha. Go tobann, fuair Susan greim ar lámh Lucy agus dúirt, 'Féach!' Ar an taobh thall den champa, ar imeall na gcrann, chonaic siad an Leon, agus é ag siúl go mall isteach san fhoraois. Lean siad é gan focal a rá.

Lean siad é suas mala chrochta amach as an ghleann. Thiontaigh siad ar dheis ansin, agus chonaic siad go raibh sé ag filleadh an bealach a tháinig siad an tráthnóna sin agus iad ag taisteal ó Chnoc an Chláir Chloiche. Lean siad é gan sos gan chónaí, trí chúinní dorcha faoi scáth na gcrann, faoi fhannsolas na gealaí agus a gcosa á bhfliuchadh sa driúcht. Ar dhóigh éigin, níorbh ionann cuma don Leon

seo agus don Leon a raibh aithne acu air. Bhí
a ruball agus a cheann thíos leis agus shiúil sé
go malltriallach, mar a shiúlfadh duine a bhí
millteanach, millteanach tuirseach. Tháinig
siad amach ar réiteach fairsing nach raibh áit
ar bith le dul i bhfolach ann. Stop Áslan agus
d'amharc siar orthu. Níorbh fhiú dóibh filleadh
anois agus, mar sin de, chuaigh siad chuige.
Nuair a bhí siad fá ghiota de, dúirt sé,

'Oró, a pháistí, a pháistí. Cad chuige a bhfuil
sibh do mo leanstan?'

'Ní raibh muid in ann codladh,' arsa Lucy
– agus bhí sí cinnte nár ghá di tuilleadh a rá,
ach go mbeadh a fhios ag Áslan go díreach na
smaointe a bhí ina gceann.

'Le do thoil, an ligfidh tú dúinn dul leat, cibé
áit a bhfuil do thriall?' a d'fhiafraigh Susan de.

'Bhuel –' arsa Áslan agus cuma smaointeach
air. Dúirt sé ansin, 'Bheinn buíoch as cuideachta
a bheith agam anocht. Is ea, féadann sibh teacht
má gheallann tú dom go stopfaidh sibh nuair a
déarfaidh mé libh stopadh agus go ligfidh sibh
dom dul ar aghaidh i m'aonar ansin.'

'Ó, go raibh maith agat. Go raibh maith agat.
Déanfaidh muid sin,' arsa an bheirt chailíní.

Chuaigh siad i gceann an aistir arís, bean de
na cailíní ar gach taobh den Leon. Ach chomh

mall leis! Agus bhí a chloigeann mór uasal chomh híseal sin is gur bheag nach raibh a ghaosán ag cuimilt an fhéir. Baineadh tuisle as agus lig sé osna bheag íseal.

'A Áslain! A Áslain dhil!' arsa Lucy, 'cad é atá cearr? Nach dtig leat a insint dúinn?'

'An tinn atá tú, a Áslain dhil?' a d'fhiafraigh Susan.

'Ní hea,' arsa Áslan. 'Is brónach atá mé, agus uaigneach. Cuir bhur lámha ar mo mhoing le go mbeidh a fhios agam sibh a bheith ann agus siúlfaidh muid ar aghaidh mar sin.'

Mar sin de, rinne an bheirt chailíní rud a bhí siad ag iarraidh a dhéanamh ón chéad uair a chas siad leis, ach nach mbeadh sé choíche de mhisneach acu a dhéanamh gan a chead a fháil chuige – thum siad a lámha fuara san fholt álainn fionnaidh agus lean siad dá chuimilt agus dá shlíocadh agus iad ag siúl lena thaobh. Ba léir dóibh i ndiaidh tamaill gur ar Chnoc an Chláir Chloiche a bhí a thriall. Shiúil siad ar an taobh sin den chnoc ab airde a raibh crainn ann ach, nuair a tháinig siad chomh fada leis an chrann dheireanach (áit a raibh tor nó dhó ann fosta), stop Áslan agus dúirt,

'Ó, a pháistí, a pháistí. Caithfidh sibh stopadh anseo. Agus cibé rud a tharlóidh, ná

lig d'éinne sibh a fheiceáil. Mo chúig chéad slán
libh.'

Agus chaoin an bheirt chailíní uisce a gcinn
(cé go mba dheacair dóibh a rá cad chuige) agus
choinnigh siad greim ar an Leon agus phóg siad
a fholt fionnaidh, a ghaosán, a chrúba agus a
shúile móra brónacha. Thiontaigh sé uatha
ansin agus shiúil go barr an chnoic. Chuaigh
Lucy agus Susan i bhfolach i measc na dtor
ag coimhéad ina dhiaidh, agus seo an rud a
chonaic siad.

Bhí slua mór daoine bailithe timpeall an
Chláir Chloiche agus, cé go raibh solas breá ar
an ghealach, bhí tóirsí ar iompar ag cuid mhór
acu – bladhaire bagrach dearg agus toit dhubh ar
gach tóirse acu. Agus a leithéid de chuideachta!
Gruagaigh na gcár míofair, mic tíre, fir a raibh
cloigeann tairbh orthu; sprideanna na gcrann
a thaobhaigh leis an olc, plandaí nimhiúla
agus neacha eile nach gcuirfidh mé síos orthu
ar fhaitíos go gcrosfadh na daoine fásta ort
an leabhar seo a léamh – Cruálaithe agus
Cailleacha agus Amhailtí, Taisí, Uafáis, Éifrítí,
Síofraí, Oirc, Amhais agus Fathaigh. Bhí gach
dream a bhí ar thaobh an Bhandraoi agus a
d'fhreagair glaoch an Mhic Tíre cruinn le chéile
ann. Agus i gceartlár an tslua, ina seasamh ag

an Chlár Cloiche, bhí an Bandraoi féin.

Thóg an slua gáir uafáis nuair a chonaic siad an Leon mór ag triall faoina ndéin agus bhí an chuma ar an Bhandraoi go raibh sí féin scanraithe. Ach, i gceann bomaite, fuair sí greim uirthi féin, agus lig racht fiáin gáire aisti.

'An t-amadán!' a scairt sí. 'Tháinig an t-amadán. Cuirtear ceangal na gcúig gcaol air.'

Choinnigh Lucy agus Susan a n-anáil istigh agus iad ag fanacht le hÁslan béic a ligean agus léim sa mhullach ar a chuid naimhde. Ach níor tharla sé sin. Tháinig ceathrar Cailleach faoina dhéin, iad ag gáire agus ag fonóid faoi gan fonn orthu teacht róghar dó. 'Cuirtear ceangal air, a deirim!' a dúirt an Bandraoi arís. Thug na Cailleacha rúid faoi Áslan ansin agus lig na gártha gairdis astu nuair nach ndearna sé iarracht ar bith é féin a chosaint. B'in an uair a tháinig an mhuintir eile i leith – draoidíní droch-chroíocha agus ápaí – agus d'éirigh leo an Leon mór a chur ar shlat a dhroma agus a cheithre chrúb a cheangal le chéile go docht, iad ag scairteach agus ag déanamh gairdis amhail is go raibh gníomh gaisce déanta acu, cé leor crúb amháin chun iad uilig a mharú dá mba thoil leis an Leon é sin a dhéanamh. Ach d'fhan sé ina thost, fiú agus a chuid naimhde ag tarraingt na dtéad chomh teann sin gur ghearr siad isteach ina chorp. Thosaigh siad á streachailt leo i dtreo an Chláir Chloiche.

'Stadaigí!' arsa an Bandraoi. 'Déantar é a bhearradh i dtosach.'

Thóg a lucht leanúna gáir mhioscaiseach eile agus tháinig arrachta i láthair agus deimheas aige. Chrom sé síos le taobh cheann Áslain. Chualathas snip-sneaip an deimhis agus thit dual i ndiaidh duail den fhionnadh órga go talamh. Sheas an t-arrachta siar ansin agus bhí radharc ag na páistí ar aghaidh bheag Áslain ón áit a raibh siad i bhfolach. Bhí cuma eile ar fad air agus a mhoing bearrtha de agus ba léir dá chuid naimhde é sin chomh maith.

'Seo, níl ann ach cat mór tar éis an tsaoil!' a scairt duine amháin.

'Agus a rá go raibh eagla orainn roimhe sin!' arsa duine eile.

Agus bhrúigh an slua isteach ar gach taobh d'Áslan, ag magadh faoi, ag rá rudaí mar, 'A phuisín bheag! A phuisín bhocht!' agus 'Cá mhéad luchóg a mharaigh tú inniu, a Chait?' agus 'An n-ólfá sásar bainne, a phuisín mo chroí?'

'Ó, cé a dhéanfadh a leithéid?' arsa Lucy, agus na deora lena grua. 'Níl iontu ach brúideanna!

Brúideanna!' Mar chonacthas di anois go raibh dealramh níos áille, níos cróga agus níos caoine ná riamh ar aghaidh Áslain i ndiaidh a bhearrtha.

'Cuirtear féasrach air!' arsa an Bandraoi. Fiú mar a bhí, ba leor dó áladh a thabhairt ar na daoine a bhí thart air agus d'fhágfaí beirt nó triúr acu ar leathláimh. Ach cor níor chuir sé de. Agus, dar leat, gur chuir sin tuilleadh feirge ar an daoscar a bhí thart air. Bhí siad uilig ag gabháil dó anois, fiú an mhuintir nach ligfeadh an faitíos dóibh go dtí sin, bíodh is go raibh ceangal air. Ar feadh bomaite nó dhó, ní raibh na cailíní ábalta Áslan a fheiceáil sa slua a bhí timpeall air, á chiceáil, ag caitheamh seileog air agus ag fonóid faoi.

Faoi dheireadh, d'éirigh an slua tuirseach de. Thosaigh siad ar an Leon a tharraingt chun an Chláir Chloiche, a ghéaga ceangailte agus féasrach lena bhéal. Bhí sé chomh mór sin go ndeachaigh sé dian go leor orthu é a thógáil suas agus a chur ar an Chlár. An méid sin déanta, bhí tuilleadh téad le ceangal is le teannadh thart air.

'Na cladhairí! Na cladhairí!' a dúirt Susan trí rachta goil. 'An é go bhfuil eagla orthu roimhe i gcónaí, fiú anois?'

An uair amháin a bhí Áslan faoi cheangal (agus a oiread sin ceangal air gur bheag a bhí le feiceáil ach téada) ar an chloch chothrom, thit tost ar an slua. Bhí ceathrar Cailleach, agus tóirse ag gach duine acu, ina seasamh ag gach coirnéal den Chlár. Nocht an Bandraoi a lámha faoi mar a nocht an oíche roimhe, nuair a bhí sí ar tí Edmund a chur chun báis. Ansin, thosaigh sí a chur faobhair ar a scian. Bhí solas na dtóirsí á chaitheamh ar an scian agus chonacthas do na cailíní nach den mhiotal í an scian, ach den chloch. B'aisteach agus ba ghránna an cruth a bhí ar an scian chéanna.

Tháinig an Bandraoi i leith ansin gur sheas sí ag ceann Áslain. Bhí gach uile bhíog agus tarraingt ina haghaidh ar mhéad is a bhí sí tógtha, fad is a bhí seisean ag amharc ar an spéir os a chionn, é ciúin, socair gan fearg ná eagla. Ní raibh aon ní air ach brón. Díreach sular thug sí an buille, chrom sí síos gur labhair sí leis agus crith ina glór,

'Agus anois, cé aige a bhfuil an bua? A bhrealláin, an shíl tú gur leor é seo chun an fealltóir daonna úd a shábháil? Cuirfidh mé tusa chun báis ina áit siúd, faoi mar a shocraigh muid, agus de réir riachtanais na Draíochta Doimhne. Ach an uair amháin a bheidh tusa

marbh, cé a chrosfadh orm eisean a mharú
fosta? Agus cé a thabharfaidh tarrtháil air?
Bíodh a fhios agat go bhfuil tú i ndiaidh Nairnia
a bhronnadh orm go deo na ndeor, gur chaill tú
do bheatha féin gan a bheatha siúd a shábháil.
Bíodh sin ina ábhar éadóchais agat anois in uair
do bháis.'

Ní fhaca na páistí an marú á dhéanamh. Ní
fhéadfadh siad féachaint air sin agus, mar sin
de, dhún siad súil air.

Draíocht níos Doimhne fós ó Bhroinn na Cruinne

B hí an bheirt chailíní fós i bhfolach i measc na dtor, agus a lámha thar a súile acu, nuair a chuala siad an Bandraoi ag scairteadh,

'Anois! Leanaigí mise chun comhraic! Ní bheidh moill orainn an daoscar daonna agus na fealltóirí a chloí anois agus an tAmadán mór, an Cat mór, ina luí marbh.'

Bhí na cailíní go mór i gcontúirt mar, díreach ar an bhomaite sin, ghluais an comhluadar déistineach ar fad le fána ina dtreo, gach liú mire acu, a gcuid píob ag scréachach agus a gcuid adharc á séideadh go míbhinn. Mhothaigh siad na Taibhsí ag dul tharstu mar a bheadh séideog fhuar ghaoithe ann agus bhain táinrith na Míonótár crith as an talamh fúthu; d'éirigh sciatháin mhóra leathair agus badhbha ina néal dubh os a cionn agus chuala siad bualadh a gcuid eiteog mhíofair. Am ar bith eile agus chuirfeadh an radharc sin crith cos agus lámh orthu le scanradh ach bhí a n-aigne lán bróin agus

uafáis mar
gheall ar bhás
Áslain, agus ba
ar éigean a chuir siad
sonrú ann.

A luaithe is a bhí ciúnas
sa choill, tháinig Susan agus
Lucy amach ar an bhlár.
Bhí an ghealach go híseal
sa spéir agus bhí néalta tanaí
ag sciorradh trasna uirthi ach bhí
radharc acu fós ar an Leon a bhí ina luí
marbh faoi ualach téad. Chuaigh an bheirt acu
síos ar a nglúin san fhéar fhliuch gur phóg siad
a aghaidh fhuar agus gur chuimil siad a chuid
fionnaidh álainn – nó an méid a bhí fágtha de –
agus chaoin siad uisce a gcinn. Agus d'amharc
siad ar a chéile agus fuair greim láimhe ar a
chéile mar dhíon ar an uaigneas agus bhris a
ngol orthu arís. Thit a dtost orthu an athuair.
Faoi dheireadh, dúirt Lucy,

'Ní thig liom amharc ar an fhéasrach ghránna
sin níos mó. Níl a fhios agam, an dtiocfadh linn

é a bhaint de?'

Bhain siad triail as. D'éirigh leo i ndiaidh an-
chuid útamála (mar bhí fuacht ina méara agus
bhí sé ina oíche dhúdhorcha faoin am seo).
Agus nuair a chonaic siad a aghaidh arís gan
an féasrach air, chuaigh siad a chaoineadh arís.
Phóg siad agus chuimil siad a aghaidh agus
ghlan siad an fhuil agus an tseile di, chomh
maith agus a thiocfadh leo. Bhí a oiread sin
uaignis agus éadóchais agus uafáis orthu nach
bhféadfainn a insint.

'Níl a fhios agam nár cheart dúinn na ceangail
a scaoileadh fosta?' a dúirt Susan i ndiaidh
tamaill. Ach, le neart spíde, rinne a chuid
naimhde na téada a cheangal chomh docht sin
nach raibh na cailíní in ann na snaidhmeanna a
scaoileadh.

Tá súil agam nach bhfuil duine ar bith a
léann an leabhar seo riamh chomh hainniseach
is a bhí Susan agus Lucy an oíche sin; ach
más amhlaidh a bhí – má d'fhan tú i do shuí
ar feadh na hoíche ag sileadh na ndeor – is
dócha go bhfuil a fhios agat go dtagann sórt
suaimhnis ina dhiaidh sin, amhail is nach
dtarlóidh rud ar bith choíche arís. Ar scor ar
bith, sin mar a bhí i gcás na beirte seo. Mhair an
ciúnas aisteach seo ar feadh uaireanta fada, nó

is mar sin a chonacthas dóibhsean é. Níor thug
siad faoi deara, fiú amháin, go raibh sé ag éirí
níos fuaire i rith an ama. Ach thug Lucy dhá
rud eile faoi deara i ndiaidh tamaill. An chéad
rud ná go raibh an spéir os cionn thaobh thoir
an chnoic rud beag níos gile ná mar a bhí uair
an chloig roimhe sin. An dara rud ná go raibh
corraíl agus gluaiseacht éigin san fhéar faoina
cosa. I dtosach, níor chuir sí suim ar bith ann.
Nár chuma faoi? Nár chuma faoi gach aon rud
anois? Ach chonaic sí faoi dheireadh go raibh
na rudaí beaga seo – cibé iad féin – ag dreapadh
suas na clocha seasta a raibh an Clár suite orthu.
Agus b'in iad ag gluaiseacht thar chorp Áslain.
D'amharc sí níos grinne orthu – rudaí beaga ab
ea iad a raibh dath liath orthu.

'Och!' arsa Susan, a bhí ar an taobh thall den
Chlár. 'Nach bhfuil sé millteanach? Luchóga

beaga gránna ag damhsa thart air anois! Cuirfidh mise an tóir ar na diabhail bheaga,' agus thóg sí a lámh suas ag bagairt orthu.

'Fan!' arsa Lucy, a bhí ag amharc níos grinne orthu. 'Nach bhfeiceann tú cad é atá ar siúl acu?'

Chrom an bheirt chailíní síos agus d'amharc go haireach.

'Measaim gur –' arsa Susan. 'Nach iontach an rud é. Tá siad ag cogaint ar na téada!'

'Mheas mise an rud céanna,' arsa Lucy. 'Sílim gur luchóga dea-chroíocha iad. Na rudaí beaga bochta – ní thuigeann siad gur marbh atá sé. Síleann siad go ndéanfaidh sé maith éigin é a scaoileadh saor.'

Ní raibh aon amhras ná go raibh sé níos gile faoin am seo. Chonaic gach duine den bheirt aghaidh bhán an duine eile. D'amharc siad ar na luchóga beaga féir agus iad ag cogaint leo ar a ndícheall; ina ndosaen agus ina ndosaen, ní hea, ina gcéadta. D'oibir siad leo go dtí nach raibh oiread agus téad amháin nach raibh scaoilte acu.

Bhí imir bhán ar spéir an oirthir anois agus bhí na réaltaí ag dul ó radharc – diomaite de réalta mhór amháin go híseal ar fhíor na spéire thoir. Ní raibh na cailíní riamh chomh fuar agus a bhí an t-am sin. Fiú na luchóga, bhailigh siad leo.

Thóg na cailíní na téada de chorp Áslain. Bhí a chuma dhílis féin air arís, shílfeá, agus bhí dreach ní b'uaisle ag teacht ar a ghnúis de réir mar a bhí an solas ag neartú.

Sa choill taobh thiar díobh, lig éan gíog ghealgháireach as. Tháinig an fhuaim sin aniar aduaidh ar na cailíní i ndiaidh uaireanta fada ciúnais. Chuala siad éan eile á fhreagairt agus níorbh fhada go raibh canadh na n-éan le cluinstin i ngach áit.

Bhí bánú an lae ann gan amhras, agus bhí an oíche thart.

'Tá mé préachta le fuacht,' arsa Lucy.

'Mise fosta,' arsa Susan. 'Goitse agus siúlfaidh muid thart.'

Shiúil siad go dtí taobh thoir an chnoic agus d'amharc síos. Bhí an réalta mhór beagnach imithe as radharc agus bhí brat dúliath ar an tír ar fad, amach ó ghile na farraige i bhfad i gcéin. B'in an spéir á deargadh amach rompu. Ní fios cé chomh minic a shiúil siad anonn agus anall idir corp Áslan agus imeall thoir an chnoic, ag iarraidh iad féin a théamh. Ó, an tuirse a bhí ina gcosa! Sheas siad tamall ag amharc amach i dtreo na farraige agus Chathair Paraivéil (a bhí i ndiaidh nochtadh as an dorchadas), bhí dath órga ag teacht in áit na deirge ag bun na spéire agus bhí an ghrian ag éirí go malltriallach. Díreach ar an bhomaite sin chuala siad an tormán taobh thiar díobh – cnag millteanach a bhodhródh duine, mar a bheadh fathach amháin i ndiaidh pláta fathaigh eile a bhriseadh.

'Cad é sin?' arsa Lucy, agus fuair greim ar láimh Susan.

'Ní – ní ligfidh an eagla dom aghaidh a thabhairt air,' arsa Susan; 'tá rud éigin uafásach ag titim amach.'

'An féidir go bhfuil siad ag déanamh rud éigin níos measa fós ar Áslan?' arsa Lucy. 'Goitse!' Thiontaigh sí ansin agus tharraing Susan léi.

Bhí athrú mór ar an áit ó d'éirigh an ghrian – d'athraigh na dathanna agus na scáileanna chomh mór sin gur ghlac sé tamall orthu an t-athrú ba shuntasaí ar fad a thabhairt faoi deara. Is amhlaidh a bhí an Clár Cloiche briste ina dhá leath agus scoilt ina lár ó bhun go barr. Rud eile de, ní raibh Áslan ann.

'Ó, ó, ó!' a scairt an bheirt chailíní agus iad ag rith i dtreo an Chláir Chloiche.

'Ó, tá seo as miosúr,' a dúirt Lucy trína cuid caointe; 'nach bhféadfadh siad a chorp a fhágáil gan baint dó?'

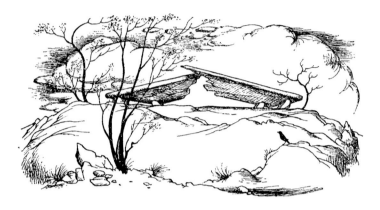

'Cé a rinne é?' a scairt Susan. 'Cad é is ciall dó? An cúrsaí draíochta atá ann?'

'Is ea!' a dúirt guth mór láidir taobh thiar díobh. 'Tuilleadh draíochta atá ann.' D'amharc siad thar a ngualainn. Ba é a chonaic siad ina sheasamh rompu, ag croitheadh a mhoinge (a bhí i ndiaidh fás arís) ná Áslan, agus é níos mó ná mar a bhí riamh.

'Ó, a Áslain!' a scairt an bheirt pháistí, ag stánadh suas air, eagla agus lúcháir orthu in éineacht.

'Níl tú marbh, mar sin, a Áslain dhil?' arsa Lucy.

'Níl anois,' arsa Áslan.

'An é go bhfuil tú i do – i do –?' a d'fhiafraigh Susan agus crith ina glór. Ní raibh sí in ann an focal *taibhse* a rá glan amach. D'ísligh Áslan a cheann órga agus ligh clár a héadain.

Mhothaigh sí thart timpeall uirthi teas a anála agus cumhracht a chuid fionnaidh.

'An é sin an chuma atá orm?' a dúirt sé.

'Ó, tú féin atá ann! I do steillbheatha! Ó, a Áslain!' a scairt Lucy, agus léim an bheirt chailíní air á phógadh arís is arís eile.

'Ach cad is ciall dó?' a d'fhiafraigh Susan i ndiaidh tamaill, nuair nach raibh siad díreach chomh tógtha.

'Is é is ciall dó,' arsa Áslan, 'ná go raibh an Bandraoi ar an eolas faoin Draíocht Dhomhain ach go bhfuil draíocht níos doimhne fós ann i ngan fhios dise. Téann cuimhne an Bhandraoi siar go tús Aimsire. Ach dá bhféadfadh sí amharc níos faide siar ná sin, isteach sa chiúnas agus sa dorchadas a bhí ann sula raibh Am ná Aimsir ann, bheadh a fhios aici go bhfuil geasa de chineál eile ann. Má thoilíonn duine neamhchiontach a bheatha a íobairt i ndíol ar bheatha fealltóra, agus má chuirtear an duine sin chun báis, scoiltfidh an Clár. An Bás féin, beidh air a chuid oibre a chur ar ceal. Agus anois –'

'Ó, is ea. Anois?' arsa Lucy agus í ag léimneach agus ag bualadh bos.

'Ó, a pháistí,' arsa an Leon, 'Mothaím an neart ag filleadh i mo chnámha. Ó, a pháistí,

mo dhúshlán fúibh breith orm!' Sheas sé seal
fhaiteadh na súl, a ghéaga ar crith, faghairt ina
shúile agus a ruball á bhualadh ar a chorp. Go
tobann, thug sé léim go hard os a gcionn agus
thuirling ar an taobh thall den Chlár Cloiche.
Chuaigh Lucy ina dhiaidh, ag streachailt thar
an Chlár, í ag gáire gan fios a gáire aici go
rómhaith. Thug Áslan léim eile. B'in an uair a
thosaigh an siamsa i gceart, an bheirt chailíní
ag rith i ndiaidh Áslain ó thaobh go taobh
bharr an chnoic. Bhíodh sé seal i bhfad chun
tosaigh orthu agus seal eile ligeadh sé dóibh
teacht chomh deas dó agus gur shíl siad go
bhfaigheadh siad greim rubaill air. Chaitheadh
sé suas san aer iad lena chrúba móra boga agus
bheireadh sé greim orthu arís agus iad ag titim
síos. Stopadh sé go tobann agus bhuaileadh na
cailíní isteach ann agus thiteadh an triúr acu in
aon charn amháin fionnaidh agus cos agus lámh.
Ní fhéadfadh a leithéid de shúgradh a bheith
ann ach amháin i Nairnia. Ní raibh Lucy cinnte
riamh cén tsamhail ab fhearr a thabharfadh sí
dó: a bheith ag súgradh le stoirm thoirní nó ag
súgradh le puisín. Agus, rud iontach, nuair a
shocraigh an triúr faoi dheireadh, fad is a bhí
siad ina luí le chéile faoin ghrian agus a n-anáil
i mbéal a ngoib acu, ní raibh tuirse ná ocras ná

tart dá laghad ar na cailíní.

'Anois,' arsa Áslan ar ball, 'tá obair le déanamh. Tá mé chun béic a ligean agus b'fhearr daoibh méar a chur i gcluas.'

Rinne siad amhlaidh. D'éirigh Áslan agus, le linn dó a chraos a oscailt, tháinig dreach chomh scanrúil ar a aghaidh nach raibh sé de mhisneach acu amharc air. Chonaic siad na crainn amach rompu á lúbadh le neart na béice a lig sé, mar a lúbann an féar roimh an ghaoth. Dúirt sé ansin,

'Tá turas fada romhainn. Tiocfaidh sibh ag marcaíocht ormsa.' Chrom sé síos agus chuaigh na páistí suas ar a dhroim te órga. Susan a bhí chun tosaigh agus greim docht aici ar a mhoing. Lucy a bhí ar gcúl agus greim aici ar Susan. D'éirigh sé go lúfar agus as go brách leis, níos gasta ná capall ar bith. Síos an cnoc leo isteach san fhoraois dhlúth.

Seans gurbh í an mharcaíocht sin an rud ab iontaí a tharla dóibh le linn a seala i Nairnia. An raibh tú riamh ar dhroim capaill agus an capall ar cosa in airde? Smaoinigh air sin ach ná bac le trup trom na gcrúb ná gliogar na béalmhíre. Samhlaigh, ina n-ionad sin, croibh mhóra an Leoin ag teagmháil le talamh gan tormán, beagnach. Ná bac le droim dubh an chapaill, nó

droim liath nó donnrua. Samhlaigh ina ionad
sin fionnadh órga a bhfuil idir mhíne agus
ghairbhe ann agus an mhoing á luascadh siar
sa ghaoth. Samhlaigh a bheith ag gluaiseacht
dhá oiread níos gasta ná mar a ghluaiseann an
capall rásaíochta is gasta dá bhfuil ann. Agus
is beathach é seo nach bhfuil feidhm aige le
treoir ná le sos ach é ag treabhadh ar aghaidh
i measc na gcrann gan tuisle gan dóbartaíl
nó ag léimneach thar toir agus driseacha. Seo
beathach a ghlanann na srutháin bheaga de
léim, a shiúlann trí uisce na sruthán móra agus
a shnámhann trasna na sruthán is mó ar fad.
Agus ní ar bhóthar ná istigh i ngort atá tú ag
marcaíocht, ná fiú amháin ar an trá, ach fud
fad Nairnia san earrach, síos cosáin a bhfuil
crainn shollúnta bheithe ar gach taobh díobh,
trí réitigh ghrianmhara a bhfuil breacadh de
chrainn darach iontu, trí abhallghoirt gona
gcrainn silíní ar ghile an tsneachta, thart ar
easanna tréanghlóracha agus carraigeacha faoi
chaonach agus uaimheanna lán macallaí, suas
malaí sceirdiúla faoi bhrat bléascach aitinn,
ar ghuala fraochmhara sléibhe agus ar feadh
mullaí crochta agus síos, síos, síos arís isteach i
ngleannta fiáine agus machairí na mbláth gorm.

Tamaillín roimh lár an lae, tharla siad ar

bharr cnoc ard ag amharc ar chaisleán i bhfad i gcéin – go deimhin, ba gheall le bréagán é ón áit a raibh siadsan. Bhí an-mhéid túr agus túiríní ag gobadh amach as an chaisleán seo. Thug an Leon rúid síos an cnoc go lúfar is go mear agus b'in an caisleán ag dul i méid de réir mar a bhí siad ag druidim leis. Bhí siad beagnach buailte leis sula raibh faill acu a fhiafraí d'Áslan cén caisleán a bhí ann. Níor bhréagán ar bith níos mó é agus é suite go hard is go bagrach os a gcomhair amach. Ní raibh duine ná deoraí le feiceáil ar na múrtha agus bhí na geataí druidte. Níor mhoilligh Áslan in aon chor ach é ag rith caol díreach faoi dhéin an chaisleáin.

'Teach an Bhandraoi!' a scairt sé. 'Anois, a pháistí, coinnígí greim daingean orm.'

B'in an uair a d'iompaigh an saol agus a bhfuil ann bunoscionn. Dar leis na páistí gur fágadh an taobh istigh díobh ar an taobh amuigh; bhí an Leon i ndiaidh a neart uilig a chruinniú agus léim a thabhairt nár thug sé a leithéid riamh cheana – leoga, ba mhó ba chosúil le heitilt ná le léim é – gur ghlan sé balla an chaisleáin isteach. Thuirling an bheirt chailíní de dhroim an Leoin, a n-anáil i mbarr a ngoib acu ach iad slán sábháilte. Tharla siad i lár clós fairsing a bhí líonta lán de dhealbha cloiche.

Scéal na nDealbh

'Nach iontach an áit é!' a scairt Lucy. 'Na hainmhithe cloiche go léir – agus daoine fosta! Tá sé mar a bheadh músaem ann.'

'Fuist!' arsa Susan. 'Tá rud éigin ar siúl ag Áslan.'

B'fhíor di é. Bhí sé i ndiaidh rith a fhad le leon cloiche agus a anáil a shéideadh air. Níor fhan sé seal fhaiteadh na súl gur chas sé timpeall – agus ní chuirfeadh sé aon ní i gcuimhne duit ach cat a bhí ag iarraidh breith ar a ruball féin – agus a anáil a shéideadh ar dhraoidín cloiche a bhí ina sheasamh (beidh cuimhne agat air seo) faoi chúpla troigh den leon agus a dhroim leis. Ansin, chuaigh Áslan ar aghaidh chuig Driad ard cloiche a bhí ina sheasamh taobh thiar den draoidín, agus chuig beirt cheinteár ina dhiaidh sin. B'in an uair a dúirt Lucy,

'Ó, a Susan! Amharc! Amharc an leon.'

Is dócha go bhfaca tú duine ag iarraidh tine a chur síos, mar a chuireann siad cipín le giota de nuachtán. Dar leat ar feadh tamaillín nach bhfuil faic ag tarlú go dtí go bhfeiceann tú bladhaire beag bídeach ag leathadh ar feadh imeall an pháipéir. Sin mar a bhí istigh i gclós an chaisleáin; níor tháinig athrú ar bith ar an leon cloiche go ceann tamaillín ach, go tobann, chonaic siad bladhaire beag óir ina rith ar feadh dhroim marmair bán an leoin. Leath an bladhaire go dtí go raibh corp an leoin ar bharr amháin lasrach, díreach mar a bheadh an páipéar agus é á dhó sa teallach. Bhí a cheathrú dheiridh fós ina cloch nuair a chroith an leon a mhoing – bhí na roicneacha snoite cloiche anois ina bhfionnadh beo. D'oscail sé a bhéal leathan dearg, béal a raibh teas na beatha ann arís, agus lig osna bhreá. Bhí beocht sna cosa deiridh faoin am seo. Thóg sé cos agus chuaigh á thochas féin. Chonaic sé Áslan uaidh ansin agus d'imigh ar luas lasrach ina dhiaidh, ag rinceáil thart air, ag geonaíl le lúcháir agus ag léimneach suas air ag iarraidh a aghaidh a lí.

Dar ndóigh, bhí súile na bpáistí sáite sa leon ar feadh an ama seo, go dtí go bhfaca siad rud a bhí níos iontaí fós. Ar gach taobh díobh, bhí dealbha ag múscailt agus ag éirí. Ní déarfadh duine ar bith gur mhúsaem a bhí sa chlós níos mó – ba mhó ba chosúil le zú é. Bhí ainmhithe ag rith i ndiaidh Áslain agus ag damhsa thart

air go dtí nach bhfeicfeá níos mó é i measc
an tslua. San áit nach raibh ann ach dath bán
básmhar bhí breacadh bríomhar ildathanna
sa chlós; taobhanna na gceinteár a raibh dath
snasta donnrua orthu, adharca plúiríneacha na
n-aonbheannach, cleiteacha dealraitheacha na
n-éan, fionnadh rua na sionnach, na madadh
agus na satar, stocaí buí agus cochaill dhearga
na ndraoidíní, airgead na n-ógbhan beithe, glas
úr fíneálta na n-ógbhan feá agus feisteas glas
na n-ógbhan learóige a bhí chomh geal sin is go
raibh imir bhuí air. Agus san áit a raibh tost na
reilige bhí aer an chlóis beo le liúnna áthais, le
grágaíl, le sceamhaíl, le tafann, le scréachach,
le durdáil, le seitreach, le bualadh crúb, le
scairteadh, le gártha gairdis, le hamhráin agus
le gáire.

'Ó!' arsa Susan, agus bhí tuin eile ar a cuid
cainte anois. 'A leithéid seo...Níl a fhios agam
an bhfuil sé seo – sábháilte?'

D'amharc Lucy thart agus chonaic Áslan ag
séideadh ar chosa fathach cloiche.

'Ná bíodh imní oraibh!' a scairt Áslan go
lúcháireach. 'An uair amháin a thig brí sna cosa
ní bheidh an chuid eile i bhfad ina dhiaidh.'

'Ní hé sin go díreach an rud a bhí i gceist
agam,' a dúirt Susan le Lucy i gcogar. Ach bhí

sé rómhall le rud ar bith a dhéanamh anois, fiú dá mbeadh aird ag Áslan uirthi. Bhí claochlú ag teacht ar chorp an fhathaigh, ó na cosa aníos. Níorbh fhada go raibh na cosa á mbogadh aige. Go gairid ina dhiaidh sin, d'ardaigh sé an smachtín a bhí ar a ghualainn, chuimil a shúile agus dúirt,

'A Dhia inniu! Caithfidh sé gur thit mé i mo chodladh. Anois, cá bhfuil an Bandraoi beag gránna sin a bhí ag snámh timpeall faoi mo chosa ar ball?' Ach scairt gach duine a bhí i láthair suas chuige, ag míniú dó cad é a bhí i ndiaidh tarlú dó. Chuir an Fathach lámh lena chluas agus d'iarr orthu é a mhíniú arís go dtí gur thuig sé an scéal faoi dheireadh.

D'umhlaigh sé sa dóigh is nach raibh ach spás cruach féir idir a chloigeann agus an t-urlár agus leag sé lámh ar a chaipín arís is arís eile in ómós d'Áslan. Ar feadh an ama seo, bhí aoibh an gháire ar a ghnúis mhísciamhach ionraic. (Tá fathaigh de chineál ar bith gann in Éirinn inniu, agus fiú an méid atá ann bíonn siad crosta go leor. Is dócha, mar sin, nach bhfaca tú riamh fathach agus aoibh an gháire air. Radharc atá ann arbh fhiú do dhuine lán na súl a bhaint as.)

'Anois, isteach sa teach linn!' arsa Áslan. 'Go breá bríomhar anois, a dhaoine. Ar fud an tí ó thaobh go taobh, anonn agus anall! Ná fágaigí cúinne ná coirnéal gan chuardach. Is fánach an áit a bhfágfaí príosúnach bocht i bhfolach ann.'

Isteach sa teach leo agus thóg siad trup a bhain macalla as ballaí an tseanchaisleáin dhorcha ghránna agus iad ag deifriú anseo is ansiúd, ag oscailt fuinneog agus ag glaoch

'Ná déanaigí dearmad den doinsiún – Cuidígí liom an doras seo a oscailt! – Seo staighre bíse eile – Ó, a thiarcais! Cangarú bocht. Cuir scairt ar Áslan – Phiú! A leithéid de bholadh lofa! Fainic nach seasfaidh tú ar chomhla thógála – Thuas anseo, atá mé! Tá tuilleadh amuigh ar an léibheann!' Ach ba é an rud ab fhearr ar fad ná mar a tháinig Lucy ina rith aníos an staighre agus í ag scairteadh,

'A Áslain! A Áslain! Tháinig mé ar Mháistir Tumnus. Ó, nach dtiocfaidh tú liom go gasta.'

Bomaite ina dhiaidh sin bhí Lucy agus an Fánas beag i ngreim lámh lena chéile agus iad ag damhsa thart i gciorcal le méid a lúcháire. Ní dhearna an seal a chaith sé ina dhealbh dochar ar bith don fheairín beag agus, dar ndóigh, bhí suim mhór aige sa scéal a d'inis Lucy dó.

Faoi dheireadh, cuardaíodh gach uile sheomra i ndún an Bhandraoi. Fágadh caisleán folamh a raibh gach doras agus fuinneog ann ar oscailt le go dtiocfadh solas milis an earraigh isteach sna cúinní dorcha mallaithe a bhí ina ghátar. Ghluais slua na neach saortha ar ais isteach sa chlós. B'in an uair a dúirt duine éigin (Tumnus, sílim),

'Ach cad é mar a éalóidh muid amach as an áit seo?' Nó ba de léim a tháinig Áslan isteach agus bhí glas ar na geataí fós.

'Beidh sé ceart go leor,' arsa Áslan. D'éirigh sé suas ar a chosa deiridh agus scairt suas ar an fhathach. 'Hé! Tusa thuas ansin,' a bhéic sé. 'Cén t-ainm atá ort?'

'Rumbalbufain Ó Fathaigh, a dhuine uasail,' arsa an Fathach, agus leag méar ar a chaipín arís.

'Maith go leor, a Rumbalbufain Uí Fhathaigh,' arsa Áslan, 'ar mhiste leat muid a bhriseadh amach as an áit seo?'

'Déanfaidh mé sin go fonnmhar, a dhuine uasail,' arsa Rumbalbufain Ó Fathaigh. 'Seasaigí siar ó na geataí, a dhaoine bheaga.' Shiúil sé go dtí an doras de chéimeanna fada agus chualathas cnag – cnag – cnag a smachtín mhóir. Baineadh gliúrascnach as an doras leis an chéad bhuille, baineadh criongán as leis an dara buille agus baineadh croitheadh as leis an tríú buille. Ansin, chuaigh sé i ngleic leis na túir ar gach taobh den gheata agus, i ndiaidh cúpla bomaite ag smiotaíl agus ag smísteáil, thit an dá thúr agus píosa maith den bhalla ina smidiríní. Scaip an dusta agus b'ait an rud é bheith i do sheasamh sa chlós tirim gruama cloiche sin ag amharc amach tríd an bhearna ar an fhéar ghlas, ar na crainn á luascadh, ar shrutháin dhrithleannacha na foraoise, ar na cnoic ghorma i gcéin agus ar an spéir os a gcionn.

'M'anam ón diabhal mura bhfuil mé báite i mo chuid allais,' arsa an Fathach agus é ag séideadh mar a bheadh inneall traenach ollmhór ann. 'Is furasta a aithint nach ndearna mé aclaíocht ar bith le tamall. Níl a fhios agam an mbeadh hancairsean ag duine ar bith de na mná uaisle?'

'Tá ceann agamsa,' arsa Lucy, í ina seasamh ar bharr na méar agus an ciarsúr tógtha in airde aici chomh fada suas agus a thiocfadh léi.

'Go raibh maith agat, a Bheainín Uasal,' arsa Rumbalbufain agus é ag cromadh síos. Tharla rud ansin a scanraigh Lucy beagáinín – thóg an Fathach suas í idir méar agus ordóg. Ní raibh sí i bhfad ó aghaidh an Fhathaigh nuair a chonaic sé cad é a bhí déanta aige. Chuir sé ar ais ar an talamh go deas socair í agus é ag monabhar, 'A Dhia inniu! Girseach bheag a thóg mé suas de thaisme. Iarraim pardún, a Bheainín Uasal. Shíl mé gur tusa an hancairsean!'

'Ní hea, ní hea!' arsa Lucy agus í ag gáire. 'Seo é!' Fuair sé greim ar an chiarsúr an t-am seo ach ní raibh sé a dhath níos mó ina lámh siúd ná mar a bheadh piseán i do lámhsa. Mar sin féin, chuaigh sé a chuimilt a éadain mhóir dheirg leis agus dreach an-sollúnta air.

'Gabh mo leithscéal, a Mháistir Rumbalbufain,' a dúirt sí. 'Níl mórán maith ann.'

'Ní hea, ní hea in aon chor,' arsa an Fathach go múinte. 'Níor casadh hancairsean níos deise orm riamh. Iontach maith, iontach sásta. Agus – níl a fhios agam cad é mar a chuirfinn síos air.'

'A leithéid d'fhathach deas pléisiúrtha!' arsa Lucy le Máistir Tumnus.

'Ó, is ea,' a d'fhreagair an Fánas. 'Dream fiúntach a bhí i gClann Uí Fhathaigh riamh. Tá siad ar cheann de na teaghlaigh fathach is mó urraim i Nairnia. Is fíor nach bhfuil siad iontach cliste (níor casadh fathach cliste orm riamh), ach téann stair an teaghlaigh siar i bhfad. Traidisiúin fhada, tá a fhios agat. Ní raibh baint acu riamh leis an taobh eile agus sin é an fáth a ndearna sí cloch de.'

Ansin, bhuail Áslan a dhá chrúb le chéile agus d'ordaigh dóibh a bheith ina dtost.

'Níl obair an lae thart go fóill,' a dúirt sé, 'agus má tá an Bandraoi le cloí roimh am luí, caithfidh muid láthair an chatha a aimsiú gan mhoill.'

'Agus muid féin a dhul sa chath, tá súil agam,

a Thiarna!' a dúirt an té ba mhó de na Ceinteáir.

'Dar ndóigh,' arsa Áslan. 'Agus anois! Sibhse nach mbeidh in ann coinneáil suas linn – is é sin le rá, páistí, draoidíní agus ainmhithe beaga – beidh oraibh marcaíocht ar dhroim na leon, na gceinteár, na n-aonbheannach, na gcapall, na bhfathach agus na n-iolar. Sibhse a bhfuil gaosán íogair agaibh, bígí linne sa líne tosaigh le go bhfaighe sibh boladh an chatha. Go breá beo anois. Cuirigí eagar oraibh féin.'

Rinne siad é sin, le mórchuid fústair agus scairteadh. Ba é an leon eile an té ba shásta díobh go léir, é ag deifriú leis anseo is ansiúd ag ligean air féin go raibh sé thar a bheith gnóthach nuair nach raibh sé ach ag iarraidh a rá le gach duine: 'Ar chuala tú an rud a dúirt sé? Muidne, na Leoin. Eisean agus mise, tá a fhios agat. Muidne, na Leoin. Sin é an fáth a bhfuil dúil agam in Áslan. Níl éirí in – ní hea, níl ardnósachas ar bith ann. Muidne na Leoin. Eisean agus mise a bhí i gceist leis sin.' Lean sé den phort sin go dtí gur cuireadh triúr draoidíní, driad amháin, dhá choinín agus gráinneog amháin sa mhullach air de réir orduithe Áslain. Bhain sé sin an ghaoth as a sheolta.

Nuair a bhí siad réidh (madadh caorach mór ba mhó a chuidigh le hÁslan eagar a chur orthu), d'imigh siad amach tríd an bhearna i mballa an chaisleáin. Thosaigh na leoin agus na madaidh a smúrthacht i ngach aird. Go tobann, fuair cú mór boladh an chatha agus lig glam as. Níor cuireadh am ar bith amú ina dhiaidh sin. I bhfaiteadh na súl, bhí na madaidh, na leoin, na mic tíre agus na hainmhithe seilge eile ag imeacht leo ar nós na gaoithe agus a srón le talamh acu. Tháinig na hainmhithe eile timpeall leathmhíle ar a gcúl, ag rith chomh gasta agus a bhí ina gcorp. Thóg siad trup nach raibh éagosúil le scata daoine ag seilg an mhadaidh rua ach bhí ceol níos binne acu seo, idir chanadh na gcon agus bhúireach an leoin agus, anois is arís, bhúireach dhomhain áibhéalta Áslain féin. Ghéaraigh ar a luas de réir mar a d'éirigh an boladh níos láidre. Ansin, díreach sular tháinig siad go dtí an corradh deireanach i ngleann cúng lúbach, chuala Lucy torann eile thar thrup na n-ainmhithe: scairteach agus screadach agus smísteáil miotail ar mhiotal. B'ait na mothúcháin a mhúscail an torann sin inti.

Tháinig siad amach as an ghleann chúng agus chonaic sí údar an torainn: Peter agus Edmund agus an chuid eile d'arm Áslain ag seasamh an fhóid ar éigean i gcoinne an tslua neacha uafásacha a chonaic sí an oíche roimhe sin. Bhí cuma níos ainspianta agus níos mioscaisí riamh orthu i solas an lae ghil agus, go deimhin, cuma níos éagruthaí. Dar léi, bhí siad níos líonmhaire fós. Ba bheag le rá líon slua Peter, a bhí ina seasamh agus a ndroim acu le Lucy. Bhí páirc an chatha breac le dealbha cloiche ar imir an Bandraoi a slat draíochta orthu. Ach níor chosúil go raibh an tslat á húsáid aici níos mó; le scian chloiche a bhí sí ag troid. Ba é Peter a céile comhraic, agus bhí an comhrac chomh dian agus gur dheacair do Lucy a dhéanamh amach cad é a bhí ag tarlú. Ní raibh le feiceáil ach an scian chloiche agus claíomh Peter agus iad á n-imirt chomh mear sin agus go sílfeá trí scian a bheith ann agus trí chlaíomh. I lár an chatha a bhí an bheirt, fad is a bhí an dá líne ag tabhairt aghaidh ar a chéile ar gach taobh díobh. Ba chuma cén treo inar bhreathnaigh sí, bhí rudaí gránna le feiceáil aici.

'Tuirlingígí de mo dhroim anois, a pháistí,' a scairt Áslan, agus léim an bheirt acu síos. Lig Áslan búireach as ansin a rinne fód creatha de Nairnia ón lampa solais thiar go bruach na farraige thoir. Agus, leis sin, thug sé léim ar an Bhandraoi Bhán. Fuair Lucy spléachadh gairid ar aghaidh an Bhandraoi agus í ag breathnú suas ar Áslan le sceon is le hiontas.

Chuaigh an Leon agus an Bandraoi ag iomlasc le chéile ar an talamh, ach ba í an Bandraoi a bhí in íochtar. Díreach ar an bhomaite sin d'imigh na neacha cogaidh a lean Áslan ó Theach an Bhandraoi de ruathar mire faoi dhéin na namhad – draoidíní agus tuanna catha leo, madaidh na bhfiacla géara, an Fathach agus a smachtín (agus ná déantar dearmad mar a rinne sé pleist de chúpla dosaen duine ar sheas sé orthu), aonbheannaigh na hadhairce géire agus ceinteáir gona gcuid claimhte is crúb. Thóg na trodaithe a bhí sa chath liú faoisimh agus thóg an slua úr liú comhraic. Chuaigh a gcuid naimhde ag sceamhaíl is ag smaoisíl agus tugadh deargruathar orthu a bhain macalla as an choill.

Seilg an Charria

Níor mhair an cath ach bomaite nó dhó ina dhiaidh sin. Maraíodh formhór an namhad sa chéad ruathar a thug Áslan agus a chuid comrádaithe. Fiú an méid a tháinig slán ar an ruathar sin, ghéill siad nuair a chonaic siad go raibh an Bandraoi marbh. Ba é an chéad rud eile a chonaic Lucy ná Peter agus Áslan ag croitheadh lámh lena chéile. Is ar éigean a d'aithin sí Peter an t-am sin – bhí a aghaidh chomh bán, sollúnta agus bhí cuma i bhfad níos sine air.

'Edmund a shábháil muid, a Áslain,' arsa Peter. 'Bhí muid cloíte murach eisean. Bhí an Bandraoi ag déanamh dealbha cloiche dár gcuid saighdiúirí scun scan. Ach ní thiocfadh Edmund a chosc. D'fhág sé triúr gruagach ar an talamh agus é ag dul faoi dhéin an Bhandraoi. Bhí sí díreach ar tí dealbh a dhéanamh de cheann de na liopaird. Nuair a tháinig Edmund a fhad léi bhí sé de mheabhair aige a slat draíochta a bhriseadh lena chlaíomh. Dá ndéanfadh sé

ionsaí díreach uirthi, dhéanfadh sise dealbh de
in áit na mbonn. B'in an botún a rinne gach duine
eile a chuaigh chomh fada léi. An uair amháin
a bhí an tslat draíochta ar lár, bhí seans éigin
againn – nó bheadh, murach gur thit a oiread
sin dár saighdiúirí cheana. Loiteadh Edmund
go holc. Caithfidh muid dul a fhéachaint air.'

Tháinig siad ar Edmund píosa taobh thiar
den líne chatha, agus Máistreás Béabhar ag
tabhairt aire dó. Bhí sé clúdaithe le fuil, bhí a
bhéal oscailte agus bhí dath gránna glas ar a
aghaidh.

'Go gasta, a Lucy,' arsa Áslan.

Agus, leis sin, chuimhnigh Lucy ar an
íocshláinte ríluachmhar a tugadh mar
bhronntanas Nollag di. Bhí a lámha ar crith
chomh mór sin gur dheacair di an stopallán
a bhaint, ach d'éirigh léi faoi dheireadh agus
dhoirt sí braon nó dhó i mbéal a dearthár.

'Tá daoine eile loite,' arsa Áslan fad is a bhí
Lucy ag amharc ar aghaidh bháite Edmund,
ag fanacht go ndéanfadh an íocshláinte a cuid
oibre.

'Tá a fhios agam,' arsa Lucy go míshásta.
'Fan bomaite.'

'A Iníon Éabha,' arsa Áslan de ghuth crua,
'tá daoine eile ar tí bás a fháil. An gcaithfidh

tuilleadh daoine bás a fháil mar gheall ar Edmund?'

'Tá brón orm, a Áslain,' arsa Lucy. D'éirigh sí ansin agus d'imigh ina chuideachta. Níor stad siad go ceann leathuaire ina dhiaidh sin – ise ag fóirithint orthu sin a bhí loite agus eisean ag séideadh anáil na beatha orthu sin a ndearnadh dealbh díobh. Faoi dheireadh, nuair a bhí a dualgas déanta aici, d'fhill sí ar Edmund. Ina sheasamh a bhí seisean agus ní amháin gur leigheasadh a chréachta ach bhí cuma níos fearr air ná mar a bhí, ó, le fada fada an lá, ón chéad téarma a chaith sé sa scoil uafásach sin. D'athraigh sé an uair sin, agus níor dhea-athrú ar bith é. Ach ba é seo an sean-Edmund a raibh aithne aici air, duine nádúrtha nár leasc leis amharc sna súile ort. Rinne Áslan ridire de díreach ansin ar pháirc an chatha.

'An bhfuil a fhios aige,' arsa Lucy le Susan i gcogar, 'cad é a rinne Áslan ar a shon? An bhfuil a fhios aige cad é an socrú a rinneadh leis an Bhandraoi?'

'Fuist! Féadann tú a bheith cinnte de nach bhfuil a fhios,' arsa Susan.

'Nár cheart go mbeadh a fhios aige?' arsa Lucy.

'Ó ní shílim é,' arsa Susan. 'Bheadh sé sin andian air. Cuir i gcás gur tú féin a bheadh ann.'

'Mar sin féin, sílim gur cheart go mbeadh a fhios aige,' arsa Lucy.

Ach cuireadh isteach ar a gcuid cainte ansin.

Chodail siad an oíche sin pé áit inar tharla siad. Níl a fhios agam cad é mar a sholáthair Áslan bia dóibh go léir ach, cibé dóigh a ndearna sé é, bhí siad ina suí ar an fhéar ag ithe suipéir timpeall a hocht a chlog. An lá dár gcionn thosaigh siad ag máirseáil soir, ag leanstan chúrsa na habhann móire. An lá ina dhiaidh sin, bhain siad béal na habhann amach. B'in caisleán Chathair Paraivéil suite ar chnocán beag go hard os a gcionn; an cladach amach rompu gona charraigeacha agus linnte beaga lán uisce sáile. Bhí feamainn ann agus boladh na farraige agus tonnta gormghlasa á mbriseadh ar thrá a bhí na mílte is na mílte

ar fhad. Agus, ó, scairteadh na bhfaoileán! Ar chuala tú riamh é nó an dtig leat é a thabhairt chun cuimhne?

I ndiaidh am tae an tráthnóna sin chuaigh an ceathrar páistí go dtí an trá, bhain díobh a gcuid bróg agus stocaí gur mhothaigh siad arís an gaineamh idir a gcuid méara coise. Ach bhí an lá dár gcionn níos sollúnta ar fad. B'in an uair, i Halla Mór Chathair Paraivéil – an halla iontach sin a bhfuil díon den eabhar air, an balla thiar maisithe le cleiteacha péacóige agus an doras thoir a bhfuil a aghaidh le muir – os comhair a gcairde nua agus le tionlacan cheol na mbuabhall, rinne Áslan iad a chorónú go stuama is go sollúnta. Scairt an lucht féachana in aird a gcinn, 'Gurab fhada buan é Rí Peter! Gurab fhada buan í Banríon Susan! Gurab fhada buan é Rí Edmund! Gurab fhada buan í Banríon Lucy!'

'I Nairnia, an té a ndéantar rí nó banríon de, beidh sé ina rí nó ina ríon go brách. Bígí i bhur ndea-ríthe, a Chlann Ádhaimh! Bígí i bhur mbanríonacha maithe, a Chlann Éabha!' arsa Áslan.

Bhí an doras thoir ar leathadh agus chuala siad glór na murúch fir agus na murúch mná a bhí ag snámh fá ghiota den chladach agus amhráin á gcanadh acu in ómós na Ríthe agus na mBanríonacha nua.

Shuigh na páistí sna ríchathaoireacha, cuireadh slata ríoga ina láimh agus bhronn siad dámhachtainí agus teidil oinigh ar a gcairde go léir, Tumnus, Fánas; na Béabhair, Rumbalbufain, Fathach; na liopaird, na ceinteáir agus na draoidíní a thaobhaigh le ceart is cóir agus an Leon. Agus fearadh féasta mór i gCathair Paraivéil an oíche sin. Bhí pléaráca is damhsa ann, ór buí á scaipeadh agus fíon á dhoirteadh. Taobh amuigh, chuir na murúcha a gceol féin suas ag freagairt cheol an chaisleáin agus bhí a gcuidse ceoil níos diamhaire, níos binne agus níos coscraí.

Agus, le linn an ollghairdis go léir, d'éalaigh Áslan go ciúin. Agus nuair a thug na Ríthe agus na Banríonacha faoi deara nach raibh sé ann, níor dhúirt siad dadaidh ina thaobh. Mar bhí Máistir Béabhar i ndiaidh foláireamh a thabhairt dóibh. 'Bíonn sé ag seal abhus agus seal ar shiúl,' a dúirt sé. 'Beidh sé lá i do chuideachta agus, an lá dár gcionn, beidh sé imithe. Ní maith leis fanacht in aon áit amháin – agus ar ndóigh, tá tíortha eile ann a gcaithfidh sé cúram a dhéanamh díobh. Ach ní miste. Tiocfaidh sé ar cuairt go minic ach níor cheart féachaint le

hiallach a chur air. Neach fiáin atá ann, bíodh a
fhios agat. Ní peata de leon é.'

Tá an scéal seo ag teacht chun deiridh (ach
níl sé thart fós). Chruthaigh an bheirt Rí agus
an bheirt Bhanríonacha go maith agus iad
i gceannas ar Nairnia agus mhair siad seal
fada sona i réim. Chaith siad cuid mhór de
thosach na tréimhse sin sa tóir ar fhuílleach
arm an Bhandraoi Bháin agus á gcur chun
báis. Ar feadh fada go leor, chluintí scéalta
faoi neacha mallaithe a bhí ar a seachaint sna
háiteanna ab iargúlta san fhoraois – taibhse
anseo, dúnmharú ansiúd. D'fhaigheadh
duine spléachadh ar chonriocht mí amháin
agus bhíodh tuairisc ar chailleach an mhí ina
dhiaidh sin. Ach, le himeacht aimsire, cuireadh
an dream fuafar sin go léir ar ceal. Cheap an
ceathrar dlíthe córa, choinnigh an tsíocháin
i réim agus rinne siad cinnte de nach mbainfí
dea-chrainn go neamhriachtanach, d'ordaigh
siad nach mbeadh ar dhraoidíní agus ar shatair
óga dul chun na scoile níos mó agus chuir siad
cosc ar dhaoine déanfasacha fiosracha a bhíonn
ag iarraidh a ladar a chur isteach i ngach uile
rud agus thug siad uchtach dóibh siúd a bhíonn
ag iarraidh a saol féin a chaitheamh gan cur
isteach ar éinne. Agus chuir siad an ruaig ar

na fathaigh fhíochmhaire (nach raibh ar aon
bhealach cosúil le Rumbalbufain Ó Fathaigh)
a thagadh thar teorainn isteach i dtuaisceart
Nairnia. Agus rinne siad ceangal cairdis agus
comhghuaillíochta le tíortha thar lear, thug
cuairteanna stáit orthu agus chuir fáilte roimh
na huaisle a thagadh ar chuairt stáit chucusan.
D'fhás agus d'athraigh siad féin thar na blianta.
D'fhás Peter aníos ina fhear ard leathanuchtach.
Gaiscíoch mór a bhí ann ar tugadh Rí Peter na
nÉacht air. D'fhás Susan aníos ina bean ard
státúil a raibh folt dubh go béal a bróige uirthi
agus is iomaí rí eachtrannach a sheol a chuid
ambasadóirí ag iarraidh í le pósadh. Agus ba
é an t-ainm a bhí ar an bhanríon ná Susan na
Mánlachta. Bhí Edmund níos sollúnta agus níos
suaimhní ná Peter, agus chuirtí an-mhuinín
ina chuid comhairle agus ina bhreithiúnas. Rí
Edmund na Córa an t-ainm a thugtaí air sin.
Maidir le Lucy, ba í ainnir éadromchroíoch
an órfhoilt í, agus ní raibh prionsa ar bith sna
tíortha timpeall nach raibh á hiarraidh mar
Bhanríon. Lucy na Crógachta a thugadh muintir
Nairnia ar an bhanríon óg.

Saol na suáilce a bhí acu agus, má chuimhnigh
siad ar an saol a bhí acu sa domhan seo againne,
ní raibh ann ach mar a bheadh cuimhne ar

bhrionglóid. Bliain amháin tháinig Tumnus (a
bhí ina Fhánas meánaosta faoin am seo, agus a
bhí ag titim chun feola) síos an abhainn chucu le
scéala go raibh an Carria Bán i ndiaidh nochtadh
sa dúiche arís – an Carria Bán a thabharfadh dhá
ghuí don té a bhéarfadh air. Amach sna Coillte
Thiar leis an bheirt Rí, an Bheirt Bhanríonacha
agus na daoine ba ghradamaí de lucht na cúirte,
agus iad ag seilg an Charria Bháin, na hadharca
á séideadh agus an chonairt ag tafann. Agus
ní raibh siad i bhfad ag seilg go bhfuair siad
spléachadh air. Rith sé uatha ar nós na gaoithe
thar thalamh mín agus thar thalamh garbh go
dtí go raibh capaill lucht na cúirte sáraithe agus
nach raibh fágtha sa tóir ach an ceathrar seo
againne. Chonaic siad an carria ag dul isteach
i ndoire dlúth, áit nach rachadh capall ar bith
isteach ann. B'in an uair a dúirt Rí Peter (bhí
athrú mór ar a gcuid cainte faoin am seo, mar
siad ina Ríthe agus ina mBanríonacha le tamall
fada), 'A chomrádaithe na páirte, ní fearr rud a
dhéanfadh muid ná tuirlingt de na heacha seo
agus an beithíoch a leanstan. Óir, dar m'fhocal,
ní dhearna mé seilg riamh ar bheithíoch is
uaisle ná é.'

'A dhuine chóir,' arsa an mhuintir eile,
'déanfar de réir do chomhairle.'

Thuirling siad, mar sin, cheangail na capaill de chrainn in aice láimhe agus chuaigh isteach sa doire dlúth de shiúl na gcos. Níor luaithe a chuaigh siad isteach ná gur dhúirt Susan,

'A chairde dílse, is mór m'ionadh, mar chím romham crann iarainn.'

'A bhean chóir,' arsa Rí Edmund, 'má bhreathnaíonn tú go géar, chífidh tú gur colún iarainn is ea é, agus lóchrann ina mhullach.'

'Dar moing an Leoin, is ait an beart é,' arsa Rí Peter. 'Lóchrann a bheith in áit a bhfuil na crainn chomh dlúth is chomh hard sin nach gcaithfeadh sé solas ar bith ar an talamh, fiú dá mbeadh sé lasta!'

'A dhuine chóir,' arsa Banríon Lucy. 'Is dócha nach raibh na crainn díreach chomh hard tráth a cuireadh an colún agus an lóchrann ina seasamh anseo, nó nach raibh a oiread crann

ann, nó b'fhéidir crann ar bith.' Agus sheas siad tamall á bhreathnú.

Dúirt Rí Edmund ansin, 'Ní heol dom cén fáth, ach is mór an mearbhall a chuireann an lóchrann agus an colún seo ar m'intinn. Mar tá mearchuimhne go bhfaca mé a leithéid cheana; i mbrionglóid, mar a déarfá, nó i mbrionglóid mar gheall ar bhrionglóid.'

'A dhuine chóir,' a dúirt siad as béal a chéile, 'is ionann cás dúinn uile.'

'Agus tá tuaileas agam,' arsa Banríon Lucy, 'má théann muid thar an cholún agus an lóchrann seo go mbainfidh móreachtraí dúinn nó go gcuirfear cor inár gcinniúint.'

'A bhean uasal,' arsa Rí Edmund, 'tá a leithéid de thuaileas ag déanamh imní díomsa leis.'

'Agus díomsa, a dheartháir na páirte,' arsa Rí Peter.

'Agus díomsa leis,' arsa Banríon Susan. 'Agus is dá bhrí sin a mholaimse filleadh go ciúin ar ár gcuid each agus gan an carria bán a leanstan níos faide.'

'A bhean chóir,' arsa Rí Peter, 'admhaím nach féidir liom géilleadh don chomhairle sin. Óir, ó rinneadh ríthe ar Nairnia sinn, níor staon muid riamh ó éacht ná ó eachtra, idir chathanna, chuardach, chleasa airm agus chosaint na córa.

Agus pé dúshlán ar thug muid faoi, chuir muid i gcrích é.'

'A dheirfiúr,' arsa Banríon Lucy, 'is fíor a chanann mo dheartháir ríoga. Agus dar liomsa go mba náire dúinn scor de thóraíocht an bheithígh uasail seo mar gheall ar thuar nó ar thuaileas.'

'Is ionann dearcadh dom féin,' arsa Rí Edmund. 'Agus tá sé de rún agam brí an ruda seo a fhuascailt – rún chomh daingean sin is nach bhfillfinn fiú dá mbeadh an tseoid is luachmhaire i Nairnia agus sna hoileáin go léir le fáil air.'

'Mar sin de, in ainm Áslain,' arsa Banríon Susan, 'déantar bhur dtoil. Téimis ar aghaidh agus má tá eachtra úr i ndán dúinn, bíodh.'

Mar sin de, isteach sa doire leis na Ríthe agus Banríonacha, agus níor shiúil siad fiche coiscéim sular tháinig cuimhne chucu – gur lampa solais an t-ainm atá ar an rud a chonaic siad ar ball. Agus ní dheachaigh siad níos faide ná fiche coiscéim eile sular thug siad faoi deara nach craobhacha a bhí thart orthu níos mó, ach cótaí. I gceann bomaite, thit siad amach ar dhoras an phriosa éadaigh isteach sa seomra folamh agus níor Ríthe ná Banríona i gcultacha seilge a bhí iontu níos mó ach Peter,

Susan, Edmund agus Lucy ina ngnáthéadaí
féin. Ba é an lá a bhí ann ná an lá a chuaigh
siad i bhfolach sa phrios éadaigh. Caithfidh sé
gurb é an t-am céanna den lá a bhí ann fosta,
mar bhí Bean Mhic Riadaigh agus na cuairteoirí
fós ag caint taobh thiar de dhoras an tseomra.
Go hádhúil, níor tháinig aon duine isteach sa
seomra folamh agus níor rugadh ar na páistí.

Agus bheadh deireadh leis an scéal ansin
ach amháin gur shíl siad go gcaithfeadh siad
a mhíniú don Ollamh cén fáth a raibh ceithre
chóta ar lár sa phrios éadaigh. Fear iontach a
bhí san Ollamh; níor dhúirt sé leo gan a bheith
amaideach nó gan bréaga a insint. Is amhlaidh
a chreid sé an scéal go léir. 'Ní mheasaim,' a
dúirt sé, 'gur fiú daoibh dul trí dhoras an

phriosa éadaigh arís chun na cótaí a fháil ar ais. Ní ligfear isteach i Nairnia sibh an bealach sin arís. Agus, fiú dá ligfí, ní bheadh maith ar bith sna cótaí anois! Hmm? Cad é sin? Is ea, fillfidh sibh ar Nairnia am éigin. An té a ndéantar rí de i Nairnia, beidh sé ina rí go brách. Ach ná déanaigí iarracht dul isteach an bealach céanna faoi dhó. Go deimhin, ná déanaigí iarracht dul isteach ar chor ar bith. Tarlóidh sé an uair is lú a bheidh sibh ag súil leis. Agus ná déanaigí mórán cainte faoi, fiú i bhur measc féin. Agus ná luaigí le daoine eile é ach amháin má fhaigheann sibh amach gur bhain a leithéid d'eachtra dóibh féin. Cad é sin? Cén dóigh a mbeidh a fhios agaibh? Ó, beidh a fhios agaibh go díreach. Rudaí aisteacha a deir siad – fiú amháin an chuma atá orthu – ligfidh siad a rún libh. Bígí ag faire amach. Dar fia, cén cineál teagaisc a dhéantar sna scoileanna ar chor ar bith?'

Agus tá muid tagtha go deireadh eachtra an phriosa éadaigh. Ach, má bhí an ceart ag an Ollamh, níl eachtraí Nairnia ach ina dtús.